Quelques pas dans la nuit

Amarante

Cette collection est consacrée aux textes de création littéraire contemporaine francophone.

Elle accueille les œuvres de fiction (romans et recueils de nouvelles) ainsi que des essais littéraires et quelques récits intimistes.

La liste des parutions, avec une courte présentation du contenu des ouvrages, peut être consultée sur le site www.editions-harmattan.fr

Ramy Zein

Quelques pas dans la nuit

Roman

L'Harmattan

Du même auteur

Tribulations d'un bâtard à Beyrouth, roman, Paris, L'Harmattan, 2016.

La Levée des couleurs, roman, Paris, Arléa, 2011.

Les Ruines du ciel, roman, Paris, Arléa, 2008.

Partage de l'infini, roman, Paris, Arléa, 2005.

Dictionnaire de la littérature libanaise de langue française, étude, Paris, L'Harmattan, 1999.

« De la représentation au réel : retour sur un massacre », in *Culture et barbarie*, Beyrouth, L'Orient des livres, 2014.

« Francophone blues », in *Liban, des mots entre les maux*, Paris, *Riveneuve Continents*, octobre 2009.

5-7, rue de l'Ecole-Polytechnique, 75005 Paris

http://www.editions-harmattan.fr

ISBN : 978-2-343-17971-1
EAN : 9782343179711

A Sobhieh Ghabris,
éclat d'or et source noire.

« Voilà d'où nous procédons.
Ce chagrin sacré, c'est notre source noire. »
Jean Rouaud

I

Les chrétiens baptisent leurs enfants à l'eau bénite ; Rim a été baptisée aux larmes de sa mère, qui a éclaté en sanglots en apprenant la nouvelle : elle venait de mettre au monde une fille. Son père, lui, n'a pas pleuré à sa naissance ; il a jeûné pendant plusieurs semaines pour éloigner le mauvais sort et obtenir d'Allah, gloire à Son Nom, qu'Il lui accorde un héritier mâle à la prochaine grossesse de son épouse. La peine de Samih et Batoul devait être profonde car Dieu en sa mansuétude n'a pas tardé à exaucer leur vœu : un an et demi plus tard, un garçon a vu le jour qu'on prénomma Réda comme son grand-père.

Rim porte, elle, le prénom de sa grand-mère paternelle, Rim Khatib, alias Oum Marzouk, foudroyée par une crise cardiaque à l'âge de cinquante-sept ans alors qu'elle sarclait l'allée caillouteuse reliant sa modeste demeure au cimetière tout proche, comme si elle avait eu le pressentiment de sa fin imminente et qu'elle s'était hâtée d'aplanir l'ultime ligne droite qui la séparait du paradis.

Aussi loin qu'elle s'en souvienne, Rim a toujours travaillé dans les champs et à la maison. On la réveillait en pleine nuit pour la cueillette du tabac qui devait s'accomplir avant les premiers rayons du jour ; elle s'occupait de ses petits frères et sœurs, emmenait paître les moutons dans les prés au-dessus de la pinède, trayait les vaches, nettoyait les rigoles de l'étable, renouvelait les litières et les fourrages, conduisait à la fontaine la mule harnachée de récipients vides pour la corvée d'eau quand le puits était à sec. Les tâches étaient rudes, mais elle ne s'en plaignait pas ; si elle en souffrait, elle n'en avait pas conscience : elle avait des besognes à faire, elle les faisait sans rechigner, parce que c'était ainsi, parce qu'elle était un enfant et qu'un enfant, à plus forte raison une fille, devait obéissance aux adultes.

Ses parents étaient pieux. Très tôt ils lui ont appris les rudiments de la religion. Elle effectuait ses prières avec la régularité du muezzin qui lançait son appel depuis le minaret voisin plusieurs fois par jour. Il n'y avait aucun élan mystique dans ses prosternations quotidiennes plus proches de la culture physique que de la dévotion spirituelle. Sa ferveur musulmane se limitait à la crainte de l'enfer dont elle se représentait les supplices avec un luxe de détails : elle imaginait les feux éternels de la géhenne, les corps brûlés des pécheurs qui se reconstituaient aussitôt consumés ; ce tableau l'horrifiait, elle avait si peur d'offenser Dieu qu'elle harcelait sa mère pour savoir si tel acte qu'elle avait commis, tel geste ou telle parole qui lui avaient échappé, étaient passibles de damnation éternelle ; Oum Réda lui rétorquait que son passif était très lourd, mais qu'Allah dispensait sa miséricorde aux enfants repentis pour peu qu'ils se conduisent d'une manière exemplaire. Or la mère prenait soin de ne montrer aucun signe de satisfaction à sa fille, si bien que la petite se croyait toujours condamnée, promise à la fournaise de Satan. Elle n'en faisait pas assez pour mériter la clémence divine, elle était méchante, elle était mauvaise, les portes du paradis ne s'ouvriraient pas devant elle. Cette perspective lui inspirait des cauchemars la nuit et des angoisses le jour. Elle vivait continuellement dans la terreur de l'enfer, à quoi s'ajouterait bientôt la peur de la malédiction : ne pas suivre les préceptes coraniques, c'était détourner de soi les grâces du Ciel ; a contrario, appliquer la Loi du Livre, sans constituer une garantie imparable, augmentait ses chances de succès. Rim percevait Dieu comme une sorte de monarque omnipotent, un maître irascible qu'il convenait d'amadouer pour mener une vie heureuse et s'assurer une place au firdaws, lieu exceptionnel entre tous dont la seule évocation déridait la face des adultes.

Il n'y avait pas d'école au village et les parents de Rim étaient trop pauvres pour l'envoyer en pension. Aucune fille de Kfarzeit n'était scolarisée en ce temps-là. Seuls quelques garçons préparaient leur certificat à l'école des Frères chrétiens située dans la plaine, à des heures de route. Rim n'en concevait ni envie ni dépit. Elle n'y pensait pas. C'était dans l'ordre des choses : une fille n'apprenait pas à lire et à écrire. Une fille ne décrochait pas de diplômes. Rim ignorait alors que dans les villes et les régions moins défavorisées, des filles de son âge allaient en classe et pouvaient même poursuivre leurs études jusqu'au brevet, voire au-delà. Si on lui avait proposé de se joindre au petit groupe de garçons scolarisés chez les Frères, elle n'aurait peut-être pas accepté. Qu'avait-elle besoin d'apprendre à lire et à écrire ! Cela l'aurait-il aidée à traire les vaches ou, plus tard, à bien tenir son ménage ? Elle ne savait pas à quoi ça pouvait servir, un livre ; elle n'en avait guère vu au village, hormis le Coran qu'on trouvait dans chaque maison, que personne n'ouvrait faute de pouvoir le déchiffrer, qu'on gardait comme une relique censée bénir les foyers et leurs habitants. Rim a souvent vu la main tavelée et osseuse de sa grand-tante Hajjé Wafika se poser sur son vieux Coran avec une piété craintive, tandis que ses lèvres sibilantes récitaient la première sourate, *bismillah al-Rahman al-Rahim* ; pas une seule fois, en revanche, elle ne l'a vue ouvrir le Livre saint qui trônait sur un guéridon dans le séjour.

Sa mère la battait souvent. C'était presque un réflexe chez elle, une gifle en passant, un coup de pied dans les jambes ou, les jours de grande colère, une franche bastonnade avec une canne, une verge, une poêle, tout ce qui lui tombait sous la main. Rim ne se défendait pas, ne protestait même pas ; elle subissait en silence : les mères battaient leurs enfants, les garçons martyrisaient les bêtes, les hommes cinglaient leurs mules pour les faire avancer. Il arrivait aussi que les adultes se bagarrent entre eux, et que les petits calottent des plus petits. C'était ainsi. Taper était un acte naturel. Rim supportait stoïquement les coups, y compris les plus féroces.

Son enfance n'était pas malheureuse pour autant, loin s'en fallait. Le travail épuisant, la terreur de l'enfer et les raclées maternelles étaient largement compensés par les mille délices que lui offrait la vie au détour des heures. Certains plaisirs suffisaient à l'étourdir de joie. Elle aimait les gâteaux secs aux motifs imprimés que sa mère confectionnait et disposait dans une grande bassine en cuivre qu'elle couvrait d'un vieux plaid bleu marine, soutaché d'un liseré rouge, dont la seule vue la faisait saliver. Elle aimait porter sa plus jeune sœur et la serrer dans ses bras jusqu'à éprouver une mystérieuse sensation embryonnaire, inaboutie, qui lui remuait les seins et le bas-ventre. Elle aimait la fête du Fitr et ses balançoires dressées sur la place de Kfarzeit où elle retrouvait chaque année les exquises frayeurs de la vitesse et de l'envol, vêtue d'une robe toute neuve, les poches pleines de friandises. Elle aimait aussi les veillées d'hiver, quand les familles se rassemblaient dans l'une ou l'autre maison du village : les adultes palabraient pendant que les enfants se livraient à des jeux de poursuite et de cache-cache avant de s'écrouler de sommeil sur les tapis de laine, petits jonchets humains enrobés de sueur. Elle aimait tant d'autres choses encore dont le souvenir devait la hanter longtemps : pétrir le pis des vaches et sentir dans sa main la tiède mamelle gonflée de lait, contempler les étoiles (sans les compter pour ne pas attraper de verrues aux doigts), se coucher dans l'herbe et regarder le ciel à travers les branches des arbres, se glisser dans des draps propres après avoir pris son bain, chevaucher à cru la mule dont le corps chaud et rugueux lui procurait une agréable sensation le long des cuisses, tandis que son père, marchant devant elle, le licou à la main, chassait les cailloux du chemin à coups de pied en pestant contre les voisins indélicats qui débordaient sur ses terres ou, quand il était de bonne humeur, en fredonnant des *mawwals* et des *mijanas*.

Elle était sensible aux parfums : dès qu'elle le pouvait, elle fourrait son nez dans les massifs de menthe, de basilic et de marjolaine que sa mère utilisait pour la cuisine. Elle choisissait de préférence le moment du crépuscule, lorsque les plantes libéraient leurs effluves aiguisés par des heures de soleil et embaumaient délicieusement le potager. Elle s'agenouillait parmi les buissons, comme pour une prière et, yeux fermés, lèvres entrouvertes, elle les respirait pendant de longues minutes. Quand elle travaillait dans les champs et que lui parvenaient, portées par la brise, des odeurs de pins ou d'arbres en fleurs, elle s'immobilisait sur place, les narines dilatées, offertes au vent. Elle absorbait à pleins poumons ces messagers d'un bonheur si proche et si lointain, comme lorsque la pluie tombait pour la première fois à la fin de l'été et qu'il se répandait dans l'air une haleine fraîche de terre humide : ce parfum la grisait ; c'était l'orgasme du monde, son exultation, sa délivrance. Après cent jours de chaleur et de soleil, la terre se déchargeait de toute sa sève contenue et exhalait dans l'air embrumé les spasmes de ses arômes. Rien ne rivalisait pour Rim avec cette odeur-là, sauf, peut-être, quelquefois, quand elle avait faim, le souffle affriolant du pain chaud et des galettes au thym que sa mère préparait sur la plaque bombée du four à bois.

En plus de l'enfer et de ses feux éternels, Rim craignait les serpents cachés traîtreusement dans les broussailles, la clôture du cimetière qu'elle longeait la nuit pour aller chez sa grand-mère, les puits sans margelle qu'on oubliait ouverts dans les cours des maisons, trous béants au ras du sol où l'on pouvait glisser et se noyer en moins de rien. Elle redoutait les djinns, les hyènes, les loups, les bourdons, les scorpions et, par-dessus tout, un certain Hitler dont on lui parlait comme d'un monstre polymorphe qui pouvait surgir de partout, à n'importe quel moment, pour la découper en pièces.

Des hommes et de l'amour, elle ne savait rien. Sa science du sexe était aussi limitée que sa curiosité sur le chapitre. Elle donnait le bain à ses jeunes frères, elle voyait la différence anatomique entre les garçons et les filles, mais elle ne s'interrogeait jamais sur le pourquoi de cette distinction, pas plus qu'elle ne se demandait d'où venaient les enfants, persuadée qu'ils étaient le fruit d'une intervention divine et qu'il suffisait aux mariés de partager le même lit pour que s'opère le miracle.

Quand elle a eu ses règles, sa mère lui a déclaré sur un ton solennel :

Tu es prête désormais.

Prête pour quoi ?

Pour le mariage. Tu es une femme à partir d'aujourd'hui.

Rim était nubile en effet. Elle allait pouvoir se marier. Le mariage, toutes les petites filles en rêvaient depuis leur prime enfance. C'était leur seul horizon, rien n'existait au-delà. Les garçons ambitionnaient d'aller en ville, de trouver une place d'apprenti chez un garagiste ou un plombier en vue de lancer leur propre affaire un jour. Les plus doués aspiraient au baccalauréat et, après le bac, à poursuivre des études supérieures en droit, en génie ou en médecine. Les filles, elles, n'avaient rien à rêver à part une vie maritale : un époux, des enfants, une maison dont elles seraient les seules maîtresses. Même ce rêve unique, il n'était pas rare qu'elles en fussent dépossédées une fois établies, car si toutes les filles finissaient par trouver preneur, y compris les moins fraîches et les laiderons qu'on casait chez les veufs, les fauchés et les infirmes, beaucoup tombaient entre les griffes d'une belle-mère peu encline à se laisser commander par une jeunette, ou sous la férule d'un époux tyrannique qui leur imposait sa volonté jusque dans leur domaine réservé du ménage et de la cuisine.

Rim demanda à sa mère :

Lorsque je serai mariée, j'aurai des meubles à moi, des assiettes et des couverts à moi ?

Sa joie fut grande quand on lui répondit par l'affirmative.

Un soir – Rim devait avoir douze ou treize ans –, un journalier a frappé à leur porte. C'était un garçon petit et brun, la moustache drue, l'épaule robuste. Il s'appelait Saad et venait du Hermel, région déshéritée de la Békaa. On le connaissait pour l'avoir vu cueillir des feuilles de tabac dans le champ des voisins, mais c'était la première fois que Saad se présentait chez les parents de Rim. Il apportait des douceurs enrobées dans un tissu. Oum Réda et Abou Réda ne tardèrent pas à comprendre l'objet de la visite : le garçon avait des vues sur leur fille ! Aurait-il cherché à insulter le couple qu'il ne s'y serait pas pris autrement. La mère, visage fermé, lèvres scellées, le planta là et se retira dans la cuisine ; le père le remit à sa place, c'est-à-dire à la porte, en prétextant une tâche urgente. Ils n'étaient pas près de lui pardonner son outrecuidance : l'insolent avait jugé son statut de journalier similaire au leur, établissant une analogie intolérable entre sa situation de tâcheron rémunéré à la journée et celle de propriétaires vivant de leurs biens. Un pauvre comprend et excuse le mépris qu'il inspire aux riches ; il est intraitable si un semblable moins argenté s'avise de le considérer comme un égal. Saad venait de le découvrir à ses dépens.

Loin de mesurer la cruauté d'un rejet basé sur la condition sociale du prétendant, Rim était ravie de ce refus. C'était son titre de gloire. Pendant des semaines elle allait avec fierté par les chemins et les sentiers du village : son père avait éconduit un aspirant et tout le monde était au courant. Elle était belle. Elle était désirable. On la convoitait. Son regard changeait dans le miroir : elle se scrutait pour essayer de comprendre ce qui, en elle, avait plu à Saad.

*

Deux ans plus tard, un autre parti s'est présenté. C'était un fringant gendarme à cheval, la taille haute, le geste sûr, la moustache aux pointes effilées. La première fois, il est venu interroger Abou Réda sur un fugitif dangereux qui se serait caché dans les grottes au-dessus du village où vivaient jadis des ermites nazaréens. Rim était en train de cueillir des figues à l'autre bout de la terrasse, un panier d'osier à la main. Elle a senti son regard insistant sur elle. La semaine suivante il était de nouveau là pour le même motif, et celle d'après, deux fois de suite. Rim était à mille lieues de deviner le véritable mobile de ces visites de plus en plus fréquentes, même lorsque sa mère lui a demandé de servir le café à l'agent de l'ordre.

Et puis il y a eu ce fameux soir où Rim s'est retrouvée seule à seul avec le gendarme. Un violent orage venait d'éclater. Son frère Réda et elle se tenaient à la fenêtre du séjour, pelotonnés l'un contre l'autre. Leurs plus jeunes frères et sœurs étaient couchés. Une pluie torrentielle déversait des trombes d'eau sur la maison et le jardin, fouettant les carreaux, criblant le toit, martelant les plaques de tôle ondulée qui recouvraient le poulailler et la grange ; partout s'étaient formées d'immenses flaques hérissées de bulles éphémères où se reflétaient les décharges électriques du ciel. Rim et Réda accueillaient les coups de tonnerre avec des cris de fausse frayeur ; ils se serraient un peu plus, grisés par le terrible fracas dont les vibrations les pénétraient jusqu'aux os. Ils étaient captivés par ce spectacle qu'ils pouvaient savourer en sécurité, bien à l'abri dans la maison, leurs frimousses blondes offertes aux agréables coulis de fraîcheur glissés entre les battants mal joints de la fenêtre.

Tout à coup, sous leurs yeux ébahis, une ombre se détache de la grisaille liquide. C'est un homme. Il tire un cheval derrière lui. Rim reconnaît le gendarme. Il vient vers eux ! Il vient voir son père qui n'est pas là ! Quelques pas, quelques secondes le séparent de la porte.

Prise de panique, elle enfile à la hâte une longue robe et se noue un foulard sur la tête. Réda refuse de l'accompagner, il tremble ; elle le supplie, lui empoigne le bras pour l'obliger à la suivre ; il se dérobe avant de courir se cacher.

Des coups à la porte. La peur au ventre, elle ouvre, explique au gendarme que ses parents sont en visite chez les Farran dont la maison se situe à l'autre bout du village, sur la route de Maasaliyyé. Elle lui indique le chemin à prendre, sans bouger du seuil.

Je vais les attendre ici, dit-il.

Elle s'écarte à contrecœur en lui souhaitant la bienvenue. Le gendarme lui remet sa cape et son képi dégoulinants. Il se déchausse, s'assoit en tailleur sur un des coussins posés par terre. Une odeur de cuir et de laine trempée se répand dans le séjour. Rim se met à préparer le café sur le poêle tandis que l'orage tonne de plus belle. Elle sent le regard de l'homme attaché à ses gestes. Elle essaye de l'ignorer mais c'est comme si une main s'appuyait sur ses épaules, sur ses bras, sur son dos. Ses mouvements en deviennent plus gourds, plus raides. Elle se fait violence pour ne pas laisser déborder le café, manque de le renverser en remplissant la tasse du visiteur.

L'homme continue de la scruter en silence. Il prend la tasse qu'elle lui tend, trempe ses lèvres, aspire bruyamment quelques gorgées. Comme elle reste debout, il l'invite à s'asseoir d'un signe de la main. Elle s'exécute, s'enfouit les pieds sous la robe. Les éclairs se succèdent à un rythme effréné, couvrant la lueur falote et vacillante de la lampe à huile.

Au bout de longues minutes, elle ose un coup d'œil sur l'individu, remarque son regard trouble, ses narines évasées, ses mâchoires saillantes. Il frotte avec le pouce le bord de sa tasse vide d'une manière compulsive.

Je vous rajoute un peu de café ?

Non merci, plus de café pour moi, dit-il en posant la tasse.

Elle se lève quand même. L'homme la harponne : elle sursaute, pousse un cri, tente de se libérer. Il l'oblige à se rasseoir, lui glisse la main sous la robe et se met à la caresser fébrilement. Rim est tétanisée.

Il faut remercier Allah pour cette belle ondée, fait-il sur un ton placide. Les champs criaient soif depuis trop longtemps. La pluie est une bénédiction du ciel.

Il parle du ciel, de la pluie, des champs, comme si sa main n'était pas occupée ailleurs, comme si sa main ne la tenait pas prisonnière. Il y a d'un côté une voix posée qui aligne des paroles banales, et de l'autre une main nerveuse qui presse, racle, rampe vers le genou, remonte jusqu'à l'aine. Aucun lien entre les deux, aucune concordance. Rim est plus désarçonnée par ce dédoublement que par le contact de la grosse main brutale qui la malaxe à lui faire mal.

Dominant sa terreur, elle s'arrache à l'emprise de l'homme et se projette loin de lui.

Suivent quelques instants d'un face à face à distance entre le gendarme et la jeune fille, entrecoupé de roulis d'explosions et de flashs foudroyants.

C'est bien ! finit-il par s'exclamer. Maintenant j'ai le cœur tranquille.

J'ai le cœur tranquille, répète-t-il en hochant la tête, l'air absorbé.

Et il ajoute :

Tout cela doit rester entre nous. Personne ne doit savoir. Tu me le promets ?

Rim dit oui sans rien comprendre, les yeux baissés, les joues en feu.

Là-dessus il se lève, remet ses bottes, sa cape, son képi et, aussi mystérieusement qu'il est venu, il s'enfonce dans les eaux de la nuit.

Rim n'a saisi le sens de cette scène étrange que bien plus tard, lorsque le gendarme, devenu son mari, lui a révélé qu'il avait voulu la mettre à l'épreuve ce soir-là en testant sa capacité à repousser les assauts des hommes sans foi ni loi qui rôdaient autour des femmes vulnérables, prêts à bondir sur elles pour outrager leur honneur et souiller le nom de leur époux. Rim a gobé cette explication. Elle était d'autant moins disposée à en douter que l'alibi bienvenu de la mise à l'épreuve la débarrassait des sentiments de peur et de honte qui l'envahissaient chaque fois qu'elle repensait à cette scène où l'homme l'avait happée pour lui caresser la cuisse avec violence, non sans l'entretenir, d'une voix paisible, sur l'état des champs et la pluie providentielle.

Deux jours après cette nuit d'orage, le gendarme est de retour. Il fait froid et la famille est calfeutrée dans le *dar* où le poêle bourdonne à plein régime. Lançant un regard complice à Rim, il se déchausse, s'assied à la place qu'on lui indique. À peine installé il sort de sa veste une montre de marque suisse ainsi qu'une bourse en cuir remplie de pièces d'or, et il les remet solennellement au père « en gage de loyauté ». Puis, sans plus de préambule, il demande la main de la jeune fille.

Rim ne sait pas où se mettre.

Ses parents attendent ce moment depuis des semaines. Ils ont beau se dérober derrière des mines perplexes et soucieuses, elle les connaît assez pour deviner leur satisfaction. Oum Réda et Abou Réda ont de quoi être ravis : de pauvres fellahs comme eux ne peuvent que s'honorer d'une telle alliance ; le prétendant appartient à une famille réputée de Birzal, grande ville du Sud, alors que leur nom n'a jamais résonné ailleurs que dans les champs de tabac et les collines caillouteuses de Kfarzeit. Sans compter que l'homme a fière allure et qu'il jouit d'une belle situation, en plus de parler le français et l'anglais. Quant à la différence d'âge, elle est raisonnable : treize ans.

Le gendarme jure aux parents de bien traiter leur fille, de l'amener régulièrement en visite, de ne jamais la répudier ni prendre une seconde épouse, sauf cas de force majeure, *lasamahallah*, à Dieu ne plaise. Il promet au père de donner son prénom à leur deuxième fils, car *inchallah* ils auront plusieurs garçons, mais c'est à Dieu de décider, et tout ce qui viendra du Très-Haut sera le bienvenu.

Le père fait mine d'hésiter, soutenu silencieusement par sa femme. Il réclame un temps de réflexion.

C'est tout réfléchi ! rétorque le gendarme avec une pointe d'humeur. Que Dieu vous garde mon oncle, n'entravons pas le dessein du Ciel par des atermoiements inutiles.

Rim se tient à l'écart depuis le début de l'échange, ignorée de tous. Sur un signe discret, Abou Réda demande à son épouse et sa fille de le suivre dans une chambre. Le couple retrouve le sourire derrière la porte close.

Cet homme est un cadeau de la Providence, dit la mère, on ne peut pas rêver mieux ! Son mari acquiesce, décline toutes les bonnes raisons qu'on a de se réjouir, énumère les mérites du gendarme avec un enthousiasme appuyé, avant de se tourner vers Rim. La jeune fille ne réagit pas, elle attend qu'on lui explique ce qu'elle doit faire. Sa mère lui embrasse la tête, son père lui tapote la joue.

C'est la volonté d'Allah, déclare Abou Réda, ne nous mettons pas en travers de son chemin.

Quelques minutes plus tard, le père rejoint seul le gendarme pour lui annoncer son accord. L'affaire est conclue sans que personne ne demande l'avis de Rim. C'est uniquement après le départ de l'individu qu'elle apprendra le nom de son futur époux : Maher G.

Ils ont *écrit leur livre* devant le cheikh, selon la formule consacrée pour désigner le contrat de mariage. Les parents de Maher ont boycotté la cérémonie : ils étaient farouchement opposés à ce mariage qu'ils considéraient comme une folie et un déshonneur pour la famille. Soraya G. répétait que son fils finirait par répudier la paysanne, qu'il se réveillerait un jour de son coma et retrouverait la raison, mais qu'entre-temps, il allait faire beaucoup de tort à ses sœurs dont personne ne voudrait maintenant que leur frère avait épousé une fille de fellah.

Le repas de noces a eu lieu dans un hôtel au bord du Litani. C'était la première fois que Rim mangeait au restaurant. Elle se sentait mal à l'aise, elle avait envie de se lever pour aider les garçons, oubliant sans cesse qu'elle était la mariée et que les gens attablés autour d'elle célébraient son union avec le gendarme Maher G.

Après les noces, Maher l'a emmenée à Chebaa, à l'extrême sud du pays, où il était en poste depuis deux ans. Sur le chemin, il lui a raconté qu'avant d'être gendarme, il avait été commerçant, gérant de cinéma, courtier, assureur, entrepreneur. La plupart de ces métiers étaient inconnus à Rim, elle ne comprenait pas grand-chose aux explications de Maher, mais elle n'osait pas l'interroger. Rien n'avait vraiment marché, lui avoua-t-il. Il était trop impatient, il voulait tout tout de suite : l'affaire devait réussir d'emblée, sinon il l'abandonnait et regardait ailleurs. Il lorgnait la fortune, ou au moins une promesse de fortune à court terme. D'échec en échec, il a fini par renoncer à ses ambitions pour se faire gendarme. Il aurait préféré un poste de fonctionnaire à Beyrouth, mais c'était un emploi stable et respecté qui lui assurait une ressource durable. Et puis il y avait l'uniforme, le fusil, le cheval. Il aimait les chevaux. Rim l'écoutait sans rien dire. Elle hochait à peine la tête de temps en temps.

Ils sont arrivés à Chebaa en pleine nuit. La maison était isolée, entourée d'un terrain vague envahi par la broussaille.

Suis-moi, lui dit Maher aussitôt la porte refermée. Il l'entraîne vers la chambre à coucher et là, triturant le nœud de sa cravate, il lui demande de se déshabiller.

Rim balbutie qu'elle voudrait se laver, se changer, ranger ses affaires.

Ce n'est pas le moment, tu le feras après.

Il s'approche d'elle, le regard brumeux ; elle se dérobe, sort de la chambre, se précipite dans la salle d'eau et pousse le verrou. Il frappe violemment. Elle va se blottir entre un fagot de bois et un seau de charbon.

Je te donne cinq minutes.

La voix lui glace le sang. Elle se rappelle ses caresses quand il s'est retrouvé seul avec elle, quelques semaines plus tôt. Son cœur cogne, ses membres grelottent, elle halète comme si elle avait couru des kilomètres. Son regard affolé ratisse les murs : il n'y a aucune issue, la seule ouverture sur l'extérieur est cette lucarne où elle peut à peine passer le bras.

Il est là, derrière la porte, qui va et vient dans la maison. Elle entend ses pas. Elle entend ses raclements de gorge. Elle entend des cliquetis, des grincements, des impacts sourds. Elle se croise les bras en se recroquevillant. Des spasmes douloureux lui contractent le ventre. Elle tend les muscles, serre les mâchoires pour maîtriser ses tremblements convulsifs.

Rim a beau se donner du courage, se rappeler les paroles de sa mère, se souvenir qu'elle n'est ni la première ni la dernière à être passée par là, que c'est ainsi, elle ne peut pas faire autrement, ça ne durera pas une éternité, demain il fera jour et elle n'aura plus mal… Son corps reste hermétique à ces exhortations. Son corps est pétri d'angoisse. Saturé de honte.

Sa mère lui a dit que la *chose* serait expédiée en quelques minutes, un quart d'heure maximum. Ce ne sera pas aussi terrible que ça, tu auras mal, oui, mais pas plus mal qu'en te faisant piquer par une abeille, et pas plus longtemps. Elle lui a recommandé la patience et surtout, l'obéissance. Tu feras ce que ton mari t'ordonnera. Tu n'auras qu'à te déshabiller et à t'allonger sur le dos. Ne lui résiste pas. C'est un homme et il connaît son affaire. Chaque fois qu'il te le demandera, tu lui obéiras. C'est son droit sur toi. C'est comme ça que tu pourras lui donner des enfants. Beaucoup d'enfants *inchallah*.

La seule idée de se présenter nue devant lui la paralyse. Comment supporter son regard sur elle ? Comment supporter la honte de montrer son intimité à un étranger, pratiquement un inconnu, elle qu'on a élevée dans l'extrême pudeur, elle qui ne sort jamais en cheveux, qui rougit au reflet de son corps nu dans le miroir ? Personne ne l'a vue dénudée depuis sa petite enfance, même pas sa mère, et voilà qu'elle doit se déshabiller devant un homme ! Pour la centième fois, elle tente d'affronter mentalement l'instant où elle aura à se dévêtir sous les yeux du gendarme ; elle l'imagine qui découvre ses seins, ses cuisses, son ventre, ses parties honteuses… Non, elle n'y arrivera jamais. Tout en elle s'y refuse.

Et s'il n'y avait que sa propre nudité ! Lui-même se mettra tout nu ! Elle aura honte pour lui, honte pour eux. Pourquoi faut-il en passer par là ? Pourquoi la plus belle chose au monde, porter un enfant, doit-elle emprunter une voie aussi sordide ? Que les parties qui servent à débarrasser l'être humain de ses déchets soient les mêmes organes utilisés pour l'accouplement confirme dans son esprit l'aspect sale de l'acte procréateur. Elle imagine l'individu qui se colle à elle, son visage contre le sien, son poids sur sa poitrine, la douleur au cœur de son intimité. Comment supporter ça ? Comment ont-elles fait, les autres ? Elle n'y arrivera jamais. Elle ne le pourra pas.

Rim s'aperçoit que depuis un long moment, aucun bruit ne lui est parvenu. L'homme ne se déplace plus dans la maison. Un espoir absurde la soulève : il s'est couché et, lassé d'attendre, il s'est endormi. Elle pourra passer la nuit dans la salle d'eau. Elle regarde le sol, se voit étendue par terre avec sa robe de mariée. Elle jette un coup d'œil sur le verrou. Il n'a pas l'air très solide, mais le gendarme dort à présent, il ne se réveillera pas de sitôt, il ne cherchera pas à forcer la porte. Au petit matin, il sera obligé de partir pour rejoindre sa brigade.

Soudain une idée lui traverse l'esprit : et si elle s'enfuyait ? Elle n'aurait qu'à patienter un peu, guetter les ronflements de l'homme, puis sortir discrètement et aller se cacher quelque part.

Se cacher ? Se cacher où ? Elle ne connaît personne dans ce bourg. Son propre village est à des lieues d'ici, des collines et des vallées l'en séparent. Il lui faudrait deux journées de marche pour l'atteindre. Il lui faudrait braver des dangers sans nombre. Elle se perdrait en chemin. Et là-bas, chez elle, comment serait-elle reçue ? Ses parents ont beaucoup misé sur ce mariage, ils se sont fait une gloire de ce parti inespéré ; quel accueil lui réserveraient-ils ? Ils la gronderaient sans doute. Elle ne trouverait rien à dire pour sa défense ; l'homme ne l'a ni battue ni maltraitée. Sa peur, encore moins sa honte, ne sont pas des raisons suffisantes pour justifier son départ précipité de chez lui. On ne la comprendrait pas, on ne lui pardonnerait pas. Elle s'imagine expliquant, suppliant, fondant en larmes ; elle imagine les visages graves de ses parents, leurs mots durs, leurs gestes excédés. Non, elle ne veut pas voir ça. Elle restera dans la maison du gendarme puisqu'il le faut. Demain, avec le lever du jour, elle pourra se ressaisir. Elle pourra se préparer. L'aube n'est pas loin. Il suffit d'attendre. Elle n'a qu'à s'allonger par terre et attendre. Demain tout ira mieux.

Malgré le rai de lumière sous la porte, elle est persuadée que l'homme s'est endormi. Cela fait longtemps qu'il n'a pas bougé. Elle commence à se détendre, son cœur bat moins fort, moins vite. Elle tend l'oreille dans l'espoir de percevoir ses ronflements.

Ça va ?

Elle tressaille. C'est lui. C'est sa voix qui la transperce de part en part. Ce n'est pas une voix guettée par le sommeil. Ce n'est pas une voix criblée de silence. C'est une voix pleine au contraire, raide et verticale.

Terrorisée, elle se lève péniblement, se hisse sur une bassine retournée pour atteindre la lucarne. Elle fouille la nuit noire à travers l'embrasure.

Elle chuchote :

Y'a quelqu'un ?

Personne ne lui répond. Il n'y a personne sous la fenêtre. Il n'y a personne de l'autre côté du mur. Pas plus sa mère que son père, pas plus son frère Réda que l'une de ses cousines ou de ses amies. Elle est seule dans la maison de l'homme. Elle est seule au monde.

Rim, ouvre-moi !

La poignée de la porte s'agite bruyamment. Des larmes lui montent aux yeux.

Attendez, attendez un peu, je vous en supplie.

Ça suffit maintenant ! Si tu ne sors pas tout de suite, je défonce la porte.

La voix de l'homme rugit. Le panneau vibre sous les coups.

Elle avance à petits pas, les jambes flageolantes. Elle pose la main sur le verrou, le tire en fermant les yeux.

Une tornade la happe. On la bouscule, on la dépouille de ses vêtements, on la jette sur le lit. Un poids énorme l'écrase. On lui écarte les cuisses. Une douleur jaillit de son bas-ventre, irradie dans tout son corps. L'homme lui couvre le visage de son haleine, de sa salive. Il enfonce sa langue dans sa bouche. Il halète, gémit, se tortille furieusement.

Soudain il se tend, s'immobilise, pousse une succession de petits cris. Puis, sans rien dire, il se roule sur le côté en lui tournant le dos. Quelques minutes plus tard, elle cherche à tâtons ses sous-vêtements, agenouillée par terre, tandis que l'homme ronfle dans le silence de la nuit.

*

Maher est muté à Hasroun, village de montagne situé au nord du pays, non loin de Bcharré. Le couple emménage dans une belle maison en pierre coiffée de tuiles rouges, avec un petit jardin potager où Rim fait pousser toutes sortes de légumes. De la terrasse en arcades, le regard domine un cirque de falaises qui bordent une vallée profonde, souvent gorgée de brume, où se nichent des monastères et des hameaux abandonnés. C'est là que Rim remarque les premiers signes de sa grossesse. Sa joie grandit à mesure que les jours de retard s'accumulent. Elle est moins heureuse de devenir mère que de constater qu'elle n'est pas stérile : son ventre est fécond, elle n'essuiera pas l'infamie d'une répudiation, elle ne connaîtra pas le sort de sa tante Samira, restée sans enfants, qui a dû subir la présence d'une deuxième épouse sous son toit. Rim est très entourée par les femmes du voisinage qui font tout pour l'aider et la rassurer. On lui prodigue des conseils, on lui prépare des plats « bons pour le petit », on accourt dès qu'elle a un malaise.

Pendant des mois Rim supplie le Ciel de lui donner un garçon. Elle espère passionnément un fils, pour Maher, pour la famille de son mari qu'elle pense amadouer en lui offrant un héritier mâle. Elle effectue des oblations et des vœux, elle fait tout ce qui se pratique à l'époque pour que les entrailles d'une femme fleurissent d'un garçon. Peine perdue : quand le jour arrive enfin, c'est une fille qui sort de son ventre. Rim se retrouve dans la même situation que sa mère seize ans plus tôt, éprouvant la même détresse, la même réticence coupable à prendre dans ses bras la créature qui fait obstacle à son bonheur.

Ce sentiment ne dure pas toutefois. Ghina, très vite, la rappelle à la réalité ; elle est son enfant, Rim est sa mère, plus rien d'autre ne compte au monde. Sa souffrance d'avoir une fille se mue en souffrance pour sa fille : dès sa troisième semaine de vie, Ghina est tourmentée par des coliques la nuit. Elle hurle à s'en arracher la gorge, se débat comme si elle était dévorée par des flammes. Rien de ce que sa mère entreprend pour la calmer n'a d'effet sur elle. Rim en est malade de frayeur et d'impuissance ; elle pleure à chaudes larmes, ne ferme jamais l'œil, même quand la petite, épuisée par ses hurlements et ses contorsions, finit par s'endormir. Maher la laisse seule la plupart du temps. Dès la tombée de la nuit, il s'éclipse pour aller se coucher dans une autre pièce dont il referme soigneusement la porte.

Après Hasroun, le couple s'installe à Bar Elias, une commune agricole de la Békaa située sur la route de Damas. Rim s'attache tout de suite à ce lieu où elle retrouve les odeurs et les sensations de son enfance. Le chant du minaret y a une résonance particulière qui lui rappelle le muezzin de Kfarzeit. Il lui suffit de fermer les yeux pour se croire chez ses parents, dans ce village natal qui creuse un abîme d'absence en elle, dont elle ignorait en le quittant à quel point il allait lui manquer.

C'est à Bar Elias que Taleb voit le jour. Comme par miracle, le supplice de l'accouchement se dissipe à l'instant précis où la sage-femme annonce la grande nouvelle à la mère : c'est un garçon ! Rim demande qu'on aille sur-le-champ avertir son mari ; elle veut crier au monde entier qu'elle a engendré un mâle, qu'elle a donné naissance à un futur homme, le hurler si haut et si fort que sa voix parviendra à Birzal, là où le nœud de la haine ne s'est pas desserré d'un millimètre en deux ans.

Ghina grandit vite. Elle a les cheveux noirs et le teint brun de son père. Elle est vive, intelligente, drôle. C'est un enchantement de la voir gambader dans la maison, de l'écouter tenir des propos décousus avec un sérieux imperturbable, le regard perdu au plus lointain de ses songes.

Rim tombe enceinte une troisième fois et, de nouveau, impérieux, primitif, la taraude le désir d'un garçon. Un seul garçon, cela ne suffit pas. Elle veut combler Maher, parachever son bonheur, retrouver dans ses yeux l'étincelle de gratitude qu'elle a vue quand il a surgi dans sa chambre à Bar Elias après la naissance de Taleb. Elle pense à l'avenir aussi ; elle se dit qu'avec deux ou trois fils, elle se sentira plus forte, elle pourra braver l'hostilité de sa belle-famille, elle sera mieux protégée et respectée.

Mais au lieu du garçon désiré, Rim met au monde une deuxième fille. Elle en pleure amèrement, plus qu'à la naissance de Ghina. Sa voisine la rabroue : regarde donc le malheur des gens, vois les réfugiés palestiniens qui s'entassent dans les camps ; ils sont des dizaines de milliers, ils ont perdu leurs terres, leurs maisons, leurs proches, et toi tu pleures parce que tu as accouché d'une fille ! Dieu t'a donné un garçon. Il t'en donnera un autre. Sèche tes larmes. Ne blasphème pas. Remercie Allah et cesse tes jérémiades.

Comme avec Ghina, la contrariété de Rim ne résiste pas à la réalité du petit corps qui réclame ses soins.

Maher choisit pour l'enfant le prénom de Nour.

C'est à cette époque que Rim cesse de prier, ou plutôt d'accomplir les prières rituelles qu'elle effectuait mécaniquement depuis des années. Maher se moquait d'elle quand il la surprenait en train de faire ses ablutions. Il disait que les pratiques religieuses n'avaient rien à voir avec Dieu, que les prophètes, s'ils revenaient sur terre, seraient bien en peine de reconnaître leur enseignement dans ce fatras de croyances superstitieuses et de rites païens... De guerre lasse, Rim finit par céder : du jour au lendemain elle cesse de prier selon les règles qu'on lui a inculquées. Sa prière devient clandestine ; elle la fait dans son cœur, récitant les versets, visualisant les gestes et les mouvements. Puis, peu à peu, ses génuflexions mentales s'espacent jusqu'à disparaître totalement, emportant avec elles ses derniers liens avec la religion.

Au gré des affectations le couple se retrouve dans plusieurs coins du pays : le village côtier de Sarafand au sud de Saïda, Aïn Zhalta dans les hauteurs du Chouf, Sarjine non loin de Jezzine. Maher est souvent absent. Même quand il rentre à la maison, son esprit est ailleurs. Rim aime quand il la désire, c'est le seul moment où elle existe pour lui. Il lui fait régulièrement l'amour, vite, mal. Au début de leur mariage, il prenait le temps de la déshabiller avant de la serrer dans ses bras ; à présent il la prend comme il la trouve, découvrant le juste nécessaire pour s'introduire, donner quelques coups de reins et se retirer sans mot dire après une plainte triste et étouffée. Aucune caresse, aucun baiser. Rim n'a jamais connu le plaisir dans les bras de Maher. Il lui arrive de trouver agréable le poids de son corps, le contact de sa peau, l'enfouissement de son organe fébrile dans son intimité. Elle prend cela pour du plaisir. Elle ne sait pas encore qu'un autre plaisir existe.

Les mois passent. Elle est absorbée par ses tâches. Elle ne vit pas ; elle se laisse vivre sans réfléchir. Ses pensées n'excèdent guère le champ de l'immédiat. Elle ne sait rien des événements qui secouent le pays. L'histoire et la politique lui sont aussi étrangères que la langue des *Franj*. Sa connaissance du monde se limite à la gestion du quotidien : le temps de cuisson pour le riz et les lentilles, la bonne façon de nettoyer le linge, les convenances sociales, les soins apportés aux enfants.

C'est à Bar Elias que Maher lui parle d'exil la première fois, peu après la naissance de Taleb. La nuit vient de tomber, ils sont installés sur la terrasse, Ghina joue à leurs côtés avec la fille des voisins. Maher se plaint de ses ennuis d'argent : la vie devient chère, le salaire ne suit pas, on arrive difficilement à joindre les deux bouts. Il ne supporte plus leur existence étriquée. Il faut toujours compter, se priver, faire attention. Ça ne peut pas continuer comme ça. Il n'a aucun bien à vendre, ses parents refusent de l'aider : la seule solution est de s'en aller, chercher fortune ailleurs. On doit penser à l'avenir des enfants, à leurs études. Il cite des exemples d'émigrés qui ont prospéré en Australie, en Amérique, en Afrique : tel est parti sans le sou, il se fait construire une villa moderne sur une colline près de Birzal ; tel autre n'avait pas de quoi soigner sa mère malade, maintenant il lui offre des séjours dans les plus beaux hôtels de Suisse ; et celui-ci, et celui-là, et cet autre encore. Il faut songer sérieusement à quitter le pays.

La peur s'empare de Rim. Rien ne l'avait préparée à cette annonce. Elle détourne les yeux pour fixer la ligne de crête qui se découpe sur le ciel bleu nuit. Cette montagne qu'elle ne se lasse pas de contempler d'ordinaire, dont elle aime le surgissement majestueux, les teintes volatiles, les courbes légères, lui paraît soudain lugubre et étouffante. Le massif qui borde la vallée s'avère une prison qui l'enferme dans ses hautes murailles. Elle voudrait que Maher change de sujet, qu'il oublie cette histoire d'exil, mais elle sait que c'est impossible ; il est trop impatient, trop malheureux. Il a grandi dans le confort et l'aisance, il en a besoin. Elle aimerait lui dire qu'ils ne vivent pas si mal : ils ont un toit au-dessus de leur tête, ils mangent à leur faim, les enfants ne manquent de rien. Qu'est-ce qu'il leur faut de plus ? Elle n'arrive pas à desserrer les lèvres : Maher n'aime pas qu'on le contredise. Il est obsédé par son idée de s'enrichir, de changer de vie. Le petit Taleb serré sur son sein, Rim pressent confusément que leur destin vient d'être scellé.

Maher ne reparle plus d'exil pendant longtemps, mais Rim est sûre qu'il y songe encore. Elle guette le jour où il lui annoncera son départ.

Un matin, à Sarjine - Nour a trois ans -, il vient la trouver dans la cuisine, le regard dur, les mains nerveuses ajustant sans cesse les plis de son uniforme.

Je vais rejoindre mon cousin Najib en Afrique. Il est prêt à me donner un coup de main. Il vit en Côte d'Ivoire depuis son enfance. Il y a des Français là-bas. Je parle le français, Najib a promis de m'avancer de l'argent, je me débrouillerai, je vous ferai venir dès que je serai installé.

Là-dessus, sans attendre la réaction de sa femme, il tourne les talons avant de disparaître. Rim ne sait pas où se trouve la Côte d'Ivoire, elle n'a jamais entendu parler du cousin Najib. Elle se rappelle cette soirée de Bar Elias où Maher a évoqué l'exil la première fois. Elle revoit le massif montagneux qui les enserrait, les écrasait, sombres flancs de monstre d'où suintait une odeur de mort. Elle est terrifiée. Tout à coup elle s'aperçoit que Taleb, du haut de ses cinq ans, l'observe depuis la porte de la cuisine. Il y a dans ses yeux une expression étrange, un regard mûr et lucide qui semble avoir deviné.

Durant les semaines suivantes, elle s'accroche à l'espoir que Maher changera peut-être d'avis, ou qu'il sera contraint de renoncer à son projet ; tant de choses peuvent arriver avant son départ : une guerre, une promotion dans la gendarmerie, une grosse rentrée d'argent qui soulagera durablement la famille. Au cours des mois précédents, elle a entendu son mari parler d'une boutique à Souk el-Tawilé qu'il comptait louer avec un associé, un certain Jamil Ezzedine. Cette boutique, elle l'imagine, elle la désire de toutes ses forces. Et puis il y a un autre motif d'espoir, plus solide celui-là : la réconciliation de Maher avec ses parents. M. et Mme G. ont fini par inviter le couple chez eux à Birzal. Maher sera peut-être soutenu par son père ; il pourra monter une affaire, ouvrir la boutique de Souk el-Tawilé.

Le jour arrive pourtant. Il arrive subitement, sans crier gare. Tout se passe très vite. Un soir, en rentrant de travail, Maher dit : je pars demain, vous me rejoindrez dans quelques mois, prépare ma valise. Rim est désemparée ; il n'y a eu aucun signe les jours précédents. Elle n'a rien senti, rien deviné dans l'attitude de Maher. Le cœur serré, elle s'exécute en tremblant, tandis que Ghina et Taleb, qui ont entendu leur père, se réfugient dans leurs jeux.

Ni Maher ni Rim n'ont fermé l'œil de la nuit. À plusieurs reprises, en vain, il a essayé de la prendre. Ils ont peu parlé. Il lui a surtout fait des recommandations d'une voix étranglée, lointaine.

Le soleil du lendemain vient de se lever quand un taxi se gare devant la maison, le moteur rugissant dans le silence. Maher donne un baiser à chacun des enfants endormis. Le visage fermé, il serre Rim quelques instants, sans un mot, puis il se dirige vers la voiture pendant que le muezzin appelle à la prière.

Maher ne s'est pas retourné, il n'y a pas eu de dernier regard, il n'y a eu aucun sourire, aucun geste de la main : seulement des épaules noires et une silhouette courbée qui s'engouffre dans le véhicule.

Rim sait qu'elle ne reverra plus le père de ses enfants.

Maher envoie deux lettres, la première postée à Paris. Rim n'a jamais reçu de lettre à son nom. Elle décachète précautionneusement l'enveloppe, déplie le papier. Des rangées de signes indéchiffrables s'alignent sous ses yeux. Ghina et Taleb sont à l'école ; elle a honte d'avouer son ignorance aux voisines en sollicitant leur aide. Elle pourrait s'adresser au *mokhtar*, mais elle ne veut pas entendre les mots de Maher dans la bouche d'un étranger. Tant pis : elle attendra le retour des enfants. Assise sur le pas de la porte, elle examine l'écriture de son mari, tente de deviner son humeur à travers le tracé des mots. Elle caresse le papier, le respire.

Ghina rentre avec Taleb en début d'après-midi. Elle saute de joie en découvrant la lettre. On fait cercle autour d'elle pour écouter le message du père : Maher va bien, le voyage en bateau a été long, la France est un beau pays, Paris est une grande ville, il prend l'avion dans quelques jours pour la Côte d'Ivoire. Avec l'aide de Dieu tout se passera comme prévu et la famille sera de nouveau réunie. Les enfants, travaillez bien à l'école et obéissez à votre mère. Rim, sois patiente et courageuse. À bientôt.

La deuxième lettre a été envoyée d'Abidjan. Elle est encore plus courte. Maher y annonce qu'il a trouvé du travail, sans plus de précision. Il demande à Rim de se tenir prête. Il est à la recherche d'une maison et d'une école pour les petits.

Dix jours plus tard, Rim reçoit la visite d'un émissaire dépêché par sa belle-famille. Il a le visage tendu, le regard fuyant.

Elle comprend tout de suite.

C'est Maher, n'est-ce pas ?

L'homme baisse les yeux.

Il lui est arrivé un malheur ?

Hochement de tête.

Il… Il est mort ?

Oui. Un accident.

Laissant le visiteur sur le seuil, elle se dirige à pas de somnambule vers la chambre à coucher. Lentement elle ôte son collier, ses bracelets, sa montre. Elle se dépouille de ses vêtements avant de mettre une robe noire, des bas noirs, des souliers noirs, puis elle entre dans la salle de bains armée d'une paire de ciseaux. Elle rassemble ses cheveux, les coupe au ras du crâne, s'acharne sur les moindres résidus. Ensuite elle se noue un fichu noir et se rend à la cuisine. Dans un coin, un grand sac de charbon. Elle s'empare d'un morceau et s'enduit le front, les joues, le cou. Ce geste, elle l'a vu faire autour d'elle quand elle était petite. Elle le fait à présent en serrant les lèvres.

Nour est endormie, Ghina et Taleb sont à l'école. Ils ne savent pas encore. Ils sont excités par leur départ prochain. Depuis des semaines ils passent leur temps à imaginer leur vie là-bas : ils auront une belle auto, ils verront des animaux fabuleux, ils feront des excursions dans la jungle, ils vivront dans une villa au bord de la mer. Chaque soir, ils assaillent Rim de questions. Elle ne sait pas quoi leur répondre. Elle dit oui à tous leurs rêves : oui, chacun aura sa propre chambre, oui, il y aura une salle de jeu, une salle de projection, des vérandas immenses donnant sur un grand parc avec un terrain de football, une piscine, un manège, un zoo.

Maher G. est allé chercher fortune sous le ciel d'Afrique ; pour toute fortune, il n'a trouvé que la mort. Il voulait réussir, rentrer la tête haute au pays ; il ne rentrera jamais, même les pieds devant. Il repose là-bas désormais, dans un cimetière marin où Rim n'ira pas se recueillir sur sa tombe.

Rim a vingt-deux ans. Elle a trois enfants en bas âge. Elle est veuve.

Les parents et les sœurs de Maher reçoivent les condoléances dans la *husseiniyyé* de Birzal. Ils sont réconfortés par des gens venus de partout : le mort est jeune, son décès a provoqué un grand émoi dans la région. Rim a beau être l'épouse du défunt, elle est mise à l'écart, reléguée dans un coin de la section réservée aux femmes. L'officiant s'installe sur une estrade drapée de tenture noire : il récite des versets du Coran, célèbre les mérites et les vertus de Maher G., fait l'éloge de sa famille dont il nomme chaque membre, y compris les oncles, les tantes et les cousins, en omettant de mentionner Rim. Après une nouvelle lecture du Coran, il retrace le martyre de Hussein, petit-fils du Prophète, raconte la geste de Kerbala, le siège de dix jours, le supplice de la soif et de la faim, l'attaque de l'armée omeyyade, le massacre de l'imam et de ses fidèles. Des gémissements s'élèvent çà et là, des sanglots éclatent, des paquets de mouchoirs passent de main en main ; bientôt tous les présents pleurent la mort de Hussein et la disparition de Maher, se lamentant sur leurs propres peines par la même occasion, profitant de la circonstance pour se purger de leur trop-plein de tristesse.

Rim n'entend pas quitter la maison de Sarjine. Elle s'accroche à ces murs qui ont vu Maher, qui la préservent de l'inconnu, lui donnent l'illusion d'une permanence. La mort et le temps n'ont pas de prise sur ces vieilles pierres. Sans parler du village lui-même où elle se sent protégée : les habitants de Sarjine l'entourent et la soutiennent depuis le décès de Maher. Elle en oublierait presque son deuil. Du matin au soir la maison ne désemplit pas ; on ne veut pas la laisser partir, on lui propose de l'argent, du travail, on lui offre des provisions et des vêtements pour les enfants ; le propriétaire Abou Semaan lui fait grâce du loyer ; elle payera ce qu'elle voudra, quand elle le pourra, ça n'a aucune importance ; il est vieux, ses trois fils vivent en Argentine, il ne va rien emporter avec lui.

Les affaires de Maher sont là : ses chemises, son uniforme, ses chaussures, ses registres empilés sur le bureau, le miroir grossissant dont il se servait pour se raser. Maher ne les utilisera plus, il ne les habitera plus, mais ils sont là, immuables, obstinés dans l'évidence de leur état, évoquant de façon troublante sa vie et sa présence.

*

Un jour, tôt le matin, un messager vient trouver Rim chez elle : il lui explique qu'elle doit quitter Sarjine et aller s'installer avec les petits à Birzal. Les G. réclament les enfants de Maher. La progéniture du défunt doit intégrer le giron familial. Sur un ton courtois mais ferme, il lui signifie que Ghina, Taleb et Nour lui seront retirés si elle n'obtempère pas : qu'elle ne s'aventure pas à braver ses beaux-parents, ils ont les moyens de la faire plier ; ils déposeront une plainte contre elle, ils l'accuseront de maltraiter ses enfants, elle sera séparée de ses trois gamins, voire jetée en prison si elle refuse de coopérer. Elle ne fait pas le poids. Elle n'a pas le choix. Elle doit obéir. Là-dessus l'homme annonce qu'un fourgon viendra transporter la famille et les bagages le lendemain.

Le jour suivant, un utilitaire vert bouteille se gare devant la maison. Les affaires et les enfants sont embarqués en moins d'une heure. Rim arrose une dernière fois les plates-bandes et remet la clé à Abou Semaan. Des femmes du voisinage se rassemblent pour lui dire adieu. Elle les embrasse une à une avant de monter dans le véhicule qui se met en marche ; elle jette un ultime coup d'œil sur les volets clos, le jardin, les arbres, le monceau d'herbes folles qu'elle n'a pas eu le temps de brûler. C'est fini. Maher et elle ont occupé six maisons différentes. Chacune porte un nom dans sa géographie intérieure. Il y a eu la maison du mariage, la première ; les maisons de Ghina, Taleb et Nour où sont nés chacun des enfants ; la maison de la mer à Sarafand ; et enfin cette ancienne ferme qu'elle quitte à présent, dont elle voit disparaître les murs blonds derrière les cyprès, qu'elle appellera désormais la maison de la mort. D'autres auraient dû suivre, africaines celles-là, plus grandes, plus cossues, mille fois inventées et rêvées par les enfants, tombées en ruines du jour au lendemain, balayées par le vent après avoir été bâties à chaux et à sable pendant les joyeuses veillées sous la treille du toit.

Le camion arrive à Birzal au bout de trois heures de route. Soraya G. attend sur le seuil, vêtue de noir, la silhouette légèrement voûtée. Elle demande aux déménageurs d'entreposer les affaires au sous-sol, puis elle confie Ghina et Taleb à la femme de ménage :

Conduis-les à l'étage et donne-leur un bain d'eau chaude. Frotte-les bien.

Sans un regard pour sa belle-fille, elle lui fait signe de la suivre. On pénètre dans la maison sombre et humide. Une odeur de renfermé saisit Rim à la gorge. Elle se rappelle son unique visite à ses beaux-parents en compagnie de Maher. Le même relent épais flottait dans les couloirs, enveloppant, sépulcral. Son mari marchait devant. Elle se collait à lui, comme si elle craignait de le perdre, de se retrouver seule dans les labyrinthes obscurs de cette maison hostile (et peut-être, alors, avait-elle le pressentiment de ce qui l'attendait entre ces murs).

Soraya s'arrête devant une chambre du rez-de-chaussée.

Tu dormiras ici, dit-elle. La buanderie est au fond du corridor, juste à côté de la salle d'eau. Tu y trouveras des serviettes et des draps.

Rim regarde à l'intérieur de la pièce ; il n'y a qu'un seul lit.

Et les enfants ? demande-t-elle.

La petite dormira avec moi à l'étage. Les deux aînés ne passeront qu'une nuit à la maison ; demain ils iront en pensionnat, tout est arrangé.

Et, après un silence :

Ghina et Taleb manquent de tenue, ils ne parlent pas un mot de français. Rien de mieux qu'un internat pour donner une bonne éducation aux enfants.

Là-dessus elle lui prend Nour des bras. La petite sommeille, engourdie par la chaleur et les cahots de la route. Ses joues luisantes sont marbrées de plaques rouge vif. Elle finit par entrouvrir les yeux, le temps de considérer sa grand-mère, puis elle s'assoupit de nouveau.

Je vais lui donner son bain, dit Soraya. On t'appellera pour le dîner. Si tu as besoin de quelque chose, adresse-toi à la bonne.

Rim voit sa belle-mère monter lentement les marches avec la petite Nour. Elle reste plusieurs minutes clouée sur place, épiant les bruits et les voix qui proviennent de l'étage, avant d'entrer dans sa chambre. La pièce est meublée d'un vieux lit flanqué d'un coffre et d'une chaise en rotin. Ni penderie, ni table, ni miroir. Elle ouvre la vitre au mastic effrité qui donne sur une cour et un mur d'enceinte. Elle se penche, observe les trois fenêtres de l'étage. Elle voudrait rejoindre ses enfants.

Au bout d'une heure, elle sort de la chambre et se dirige vers l'escalier. La femme de ménage surgit aussitôt de la cuisine.

On vous appellera pour le dîner, dit Zahra en lui barrant l'accès aux marches.

Je veux voir mes enfants.

Ils descendront tout à l'heure. Madame ne veut pas que vous montiez. Ce sont ses instructions. À votre place, je ne ferais pas d'histoire.

Zahra ne bouge pas. Le visage inexpressif, elle attend que la jeune femme s'en retourne à sa chambre.

Personne ne l'appellera pour le dîner : Rim passe la nuit tout habillée, assise au bord du lit, serrant dans ses mains une photo de Maher. L'angoisse la tenaille, alimentée par les bruits mystérieux de la maison. Elle a peur, elle a peur de Soraya G., elle a peur pour Ghina et Taleb. Des images défilent sous ses yeux, des scènes qui l'horrifient : ses enfants sont battus, maltraités, ils sont privés de nourriture, ils dorment dans des dortoirs sinistres, leurs vêtements sont sales, ils sont chétifs, blêmes, malades.

Elle se tasse un peu plus. La nuit est noire, les murs l'oppressent, son cœur se contracte comme un poing. Elle est en manque de Ghina, de Taleb, de la petite Nour. Depuis le départ de Maher, Nour a toujours dormi auprès d'elle. C'est leur première nuit séparées. Elle guette dans l'obscurité le rythme de sa respiration, elle cherche ses bras potelés, son odeur de sucre d'orge, son haleine chaude. Elle se caresse l'épaule en pensant à elle.

Ses seuls moments de réconfort, c'est quand elle arrive à pleurer. Les larmes surgissent abondantes, douces, voluptueuses. Mais elles se tarissent trop vite, laissant dans leur sillage des muscles crispés, une gorge sèche, une sensation de néant.

Il fait lourd. Il fait humide. Elle transpire à grosses gouttes. Sa robe colle à ses membres. Des émanations étranges se dégagent de sa peau moite. Elle est quelqu'un d'autre. Quelqu'un d'autre s'est emparé d'elle, qui sent cette odeur inconnue, acide. Elle songe à la maison qu'elle vient de quitter, sa dernière maison ; il y faisait frais la nuit, la brise apportait des senteurs de sauge et de pin, on entendait les grillons, le souffle dans les branches, on entendait respirer la terre, bruisser le ciel. Souvent la lune glissait ses rayons dans la chambre et déposait sur les joues de Nour une clarté argentée qu'elle contemplait, recueillie, immobile.

Le lendemain matin, Ghina et Taleb sont emmenés au pensionnat. La séparation se passe mal : Ghina refuse de quitter sa mère, elle lui enlace la taille des deux bras, pleure en trépignant, le visage enfoui dans son ventre. Taleb hurle qu'il veut aller en Afrique pour rejoindre Najib, le cousin de son père ; il défie sa grand-mère de ses yeux exorbités, le visage cramoisi, les jugulaires turgescentes. Soraya s'énerve, traite les enfants de gosses mal élevés, ordonne à leur mère de les calmer. Rim l'implore de reporter leur départ : une semaine, un jour, quelques heures. Les voisins épient. Des passants s'arrêtent devant le portail. Le chauffeur s'impatiente. Finalement Zahra et Soraya embarquent les petits de force. Rim essaye de s'interposer, on la repousse de façon brutale. Longtemps elle gardera dans les oreilles le claquement des portières, le rugissement de la Mercedes démarrant en trombe, emportant avec elle les têtes froissées de Ghina et Taleb collées à la lunette arrière de la voiture. Elle est ivre de douleur.

Où l'on conduit ses enfants, Rim l'ignore. Elle ne sait pas dans quelle école ils seront, ni même dans quelle région du pays. On ne lui a rien dit. Elle sait seulement que l'internat est éloigné, qu'il se situe à des heures de route.

Les jours suivants, elle demande à sa belle-mère de l'emmener voir Ghina et Taleb. C'est interdit par le règlement de l'école, répond Soraya, les élèves doivent se couper de leur famille pour mieux s'intégrer dans l'établissement et s'habituer à leur nouvelle vie.

Comme Rim insiste, la dame lui lance, excédée :

Cesse donc tes geignements, ils viendront te voir aux prochaines vacances.

Cette perspective rassure Rim. Elle se souvient que lorsque Ghina et Taleb étaient scolarisés à Sarjine, les vacances étaient nombreuses : Fitr, Noël, Adha, Pâques catholiques, Pâques orthodoxes, sans mentionner les petits congés d'un jour ou deux. Les prochaines vacances ne doivent pas être bien loin. Elle patientera donc. Nour l'y aidera. Le temps passe vite. Il suffit d'attendre.

*

Le flot des visiteurs ne tarit pas. Chaque jour, des cohortes de femmes en noir et d'hommes en costume viennent présenter leurs condoléances. Rim n'est pas admise au salon, même pour servir le café. Elle ne compte pas, elle n'existe pas.

Certaines dames tendent la tête par la porte de la cuisine pour la voir. Sans lui adresser la parole, elles examinent brièvement la femme par qui le scandale est arrivé, la petite péquenaude qui a ensorcelé Maher, qui a entraîné son malheur et celui de sa famille.

Un soir, Soraya G. déclare à ses visiteurs, en faisant à peine l'effort de baisser la voix :

Maher aurait dû épouser une fille de son milieu. Il n'aurait pas été obligé de s'exiler, il ne serait pas mort là-bas. Je lui ai proposé les meilleurs partis de Birzal, il a refusé des demoiselles de bonnes familles, bien éduquées, toutes mieux dotées les unes que les autres : Sawsan Hajj lui aurait apporté des kilos d'or et des hectares de bananeraies, le père d'Insaf Bayeh a promis une automobile neuve et un gros paquet de titres, sans oublier Jihane Hassan et son appartement de 300 m^2 dans un immeuble moderne du centre-ville, avec ascenseur et vue sur la place de l'Étoile. Dieu m'est témoin que je me suis démenée pour lui dégoter une femme digne de lui. Tout ça pour qu'il épouse une fille de fellah ! Une paysanne analphabète !

La voix devient inaudible puis, soudain, de manière distincte, Rim entend claquer ces mots :

C'est elle qui l'a tué !

Elle court s'enfermer dans sa chambre où elle reste longtemps pétrifiée, son tablier autour de la taille, les mains crispées sur un chiffon de cuisine.

Quelques semaines plus tard, alors que Rim est en train de balayer la terrasse, Soraya vient la trouver. La dame la regarde droit dans les yeux, contrairement à son habitude.

Zahra va rentrer dans son village pour se marier. Nous n'allons pas engager une autre bonne. Désormais c'est toi qui t'occuperas de la maison. Tu es d'accord, n'est-ce pas ?

Rim hoche la tête sans réfléchir. Elle acquiesce moins aux mots qu'à la voix étrangement douce de Soraya. C'est la première fois que la vieille dame lui adresse la parole sur un ton affectueux.

Ses nouvelles tâches ne rebutent pas Rim ; au contraire, elles l'apaisent. La fatigue dilue sa peine. Elle ignore ses courbatures et son mal de dos. Plus elle a mal, mieux elle se sent, moins elle est disposée à s'accorder une pause : elle enchaîne les corvées du matin au soir et souvent, au moment de se coucher, elle se laisse tomber sur le lit sans avoir enfilé sa chemise de nuit.

Elle devient peu à peu *la fille*, la bonne. Au fil des semaines, le regard des livreurs et des commerçants se met à changer. On cesse de lui donner du *Sitna* (Madame) ou du Oum Taleb (Mère de Taleb) pour l'interpeller par son prénom. On n'hésite plus à se montrer familier avec elle. Elle a droit à des compliments, des sourires pleins de sous-entendus agrémentés de clins d'œil.

Un matin, le commis du boucher la suit dans la cuisine. De toute sa masse suante il s'approche d'elle, la colle contre le mur, les yeux injectés de sang. Il lui dit qu'il l'aime, qu'il est attiré par elle depuis le premier jour, qu'elle le rend fou. Sa voix est rauque, ses lèvres écumeuses se tordent convulsivement. Il l'embrasse dans le cou et sur les seins en glissant les deux mains sous sa jupe. Elle le repousse à grand-peine.

Pendant des jours elle en est malade de honte, de dégoût, mais elle n'ose pas se plaindre à Mme G. Chaque fois qu'elle se trouve seule à la cuisine, elle a l'impression que le commis est dissimulé dans la réserve ou derrière le garde-manger. Longtemps elle va conserver dans les narines l'odeur fétide de son haleine et de sa blouse souillée de sang.

Le désir des hommes, le désir tout court, demeure pour elle un mystère absolu. Elle le voit bien : cet apprenti boucher, comme Maher avant lui, est dominé par une force obscure qui le dépossède de lui-même. Elle constate cette force, elle en mesure l'emprise, mais il lui manque la clé du plaisir pour en élucider l'énigme.

Elle s'applique de son mieux dans son travail. Elle veut être acceptée, reconnue. Chacun de ses gestes est un appel à l'intention de Soraya qui tient son destin entre ses mains. Depuis le départ de Zahra, Mme G. semble plus accessible. Rim espère trouver une brèche dans son mur de silence et d'hostilité : en gagnant l'estime de sa belle-mère, elle pourrait, un jour, peut-être, récupérer Ghina et Taleb.

Quand elle ne parvient pas à dormir, il lui arrive d'entendre Soraya pleurer dans le salon. Elle l'imagine devant le portrait de Maher, une grande photo en noir et blanc accrochée au mur, barrée au coin d'un ruban de crêpe, une image tellement retouchée que Rim a de la peine à reconnaître son mari dans cette figure de bellâtre avantageux, masque de cire aux traits appuyés, sans rides, sans expression. Dans les moments où elle entend pleurer Soraya, sa haine et sa rancœur s'évanouissent : elle éprouve de la pitié pour sa belle-mère ; elle souffre de ne pas pouvoir lui parler, la consoler.

Une nuit, Rim ouvre la porte de sa chambre et se glisse pieds nus jusqu'au salon. Soraya est assise dans la pénombre, face au portrait de son fils qu'éclaire chichement la veilleuse du couloir. Rim entend ses reniflements, ses soupirs, elle voit sa tête qui dodeline de douleur. Elle en est troublée. Des larmes lui viennent. Elle s'installe près de la vieille dame et, mue par un élan irréfléchi, elle lui prend la main pour la serrer dans la sienne.

Leur communion dure quelques secondes. Soraya se lève brusquement en lui tournant le dos avant de sortir du salon. Rim reste assise, secouée et stupide, les yeux fixés sur le portrait du défunt où elle cherche en vain une consolation, une approbation pour son geste, son incroyable hardiesse.

Soraya G. accapare Nour. Elle la nourrit, lui donne son bain, lui chante des berceuses. Elle ne la laisse à

Rim que lorsqu'elle sort faire des visites, et encore, souvent elle l'emmène avec elle.

Parle-lui le moins possible, recommande-t-elle à Rim chaque fois qu'elle lui confie la petite. C'est dans son intérêt, il ne faut pas qu'elle attrape ton accent.

Le seul jour où Rim passe beaucoup de temps avec Nour, c'est le jeudi une semaine sur deux, quand Soraya se rend à Batroun – ville distante d'une centaine de kilomètres – pour voir sa sœur malade qui vient de subir une opération : Rim guette avec impatience les jeudis où elle peut profiter pleinement de sa fille sans sursauter à chaque bruit. Aussitôt Soraya partie, c'est devenu un rituel, Rim s'isole avec Nour dans sa chambre. Elle la dorlote, l'embrasse, lui parle. Elle l'aime dans l'urgence. Elle l'étreint avec ardeur. Elle veut rattraper le temps perdu, compenser son absence auprès d'elle. Mais le combat est inégal, elle le sait. Nour passe ses jours et ses nuits avec Soraya. Son regard sur sa mère change, son élan quand Rim lui tend les bras n'est plus le même, son babil dans son cou est moins joyeux, son abandon sur sa poitrine plus retenu. La distance se creuse, Nour s'éloigne, sa mère le constate et ne peut rien y faire.

Un matin, ayant verrouillé la porte de la chambre, Rim découvre son sein pour l'offrir à sa fille. Elle n'a plus de lait, Nour est sevrée depuis longtemps, mais la pulsion est trop forte. Rim ressent le besoin irrépressible de ce geste intime, comme si le contact entre les lèvres de l'enfant et le sein de la mère pouvait les rapprocher de nouveau, renouer ce qui a été patiemment délié par les mains expertes de Soraya. Or la petite, d'abord étonnée, se détourne du sein, regarde par la fenêtre. Rim lui saisit la tête, lui met le mamelon dans la bouche ; Nour grimace, gémit, pleure. La mère se reboutonne et, honteuse, elle berce sa fille en lui caressant nerveusement les cheveux.

Son premier réflexe en se levant le matin est de guetter le réveil de Nour. Elle se poste au bas des marches et tend l'oreille vers l'étage. Tant que la petite n'est pas debout, elle revient sans cesse à l'escalier, écoute quelques secondes, puis retourne à ses occupations. Lorsque la voix de Nour lui parvient enfin, elle est soulagée ; elle se demande à quel moment du jour elle va pouvoir la prendre dans ses bras.

Safia et Léna, les filles de Soraya G., font des études au Beirut College for Women. Elles rentrent chaque vendredi soir et repartent le dimanche après-midi. Pendant leurs séjours, elles sortent souvent, font la grasse matinée, ne mangent presque jamais à la maison. Elles ont une garde-robe fournie mais, depuis la mort de leur frère, elles s'habillent exclusivement en noir. Rim aime pénétrer dans leur chambre. Elle caresse leurs tailleurs aux coupes élégantes, leurs vestes de brocart, leurs chemisiers en soie. Elle n'éprouve aucune jalousie, aucune envie. Seulement du plaisir à toucher leurs vêtements, à sentir leurs parfums. Elle les trouve belles, surtout Léna, la plus jeune, qui l'ignore totalement. Safia, au contraire, la salue, lui demande si elle va bien, lui sourit quelquefois, mais le tout en passant, sans chercher à établir un véritable contact.

Toufic G. l'évite également. Il ne la regarde pas. Il ne la regarde jamais. S'il a besoin de quelque chose, il le dit à sa femme qui transmet l'ordre à Rim. Il passe son temps le nez plongé dans le journal, ou plutôt dans les journaux, car il rentre chaque soir avec quatre quotidiens sous le bras, trois en arabe, un en français. Il les lit à table, il les lit sous la tonnelle du jardin, il les lit dans sa chambre. Il continue à les lire le lendemain matin, en prenant son petit déjeuner, avant d'aller au travail. Il vit littéralement dans les journaux. Quand il les abandonne sur la table de la salle à manger, Rim les feuillette parfois : elle examine ces grandes pages déployées, noircies de mystérieux caractères, et elle se demande ce qu'on peut y raconter de si passionnant. Elle aimerait apprendre à lire. Les quotidiens qui finissent à la poubelle ou dans la gueule du fourneau, elle voudrait les emporter dans sa chambre et passer ses soirées à les éplucher comme le fait Toufic G. C'est la première fois qu'elle éprouve ce désir de lecture, ou du moins qu'elle en prend conscience.

Un matin, en allant chez le boulanger, elle voit des enfants jouer dans la rue. Elle leur demande pourquoi ils ne sont pas à l'école.

C'est les vacances de Noël ! On n'a pas école pendant deux semaines.

Elle achète le pain puis rentre, perplexe. Pourquoi Ghina et Taleb ne sont-ils pas venus ? On lui avait dit qu'ils passeraient les prochaines vacances à la maison. Ils devraient être là.

Soraya se trouve dans la cuisine en train de peler une orange. Rim hésite à lui poser la question. Elle craint d'entendre ce qu'elle soupçonne un peu plus chaque jour. Il lui faut un long moment avant de s'enhardir :

Vous m'avez promis que les enfants viendraient aux prochaines vacances.

Oui.

Les vacances de Noël, c'est maintenant.

Qui t'a raconté ça ?

Les écoles sont fermées.

Soraya répond d'une voix dure, les sourcils froncés, maniant le couteau avec nervosité :

Certaines écoles, peut-être, pas toutes.

Je n'ai pas vu mes enfants depuis deux mois et demi.

Eh bien tu les verras aux prochaines vacances ! Tu crois qu'ils ne me manquent pas à moi aussi ? On n'y peut rien, c'est comme ça.

Vous m'avez promis…

Puisque je te dis qu'on n'y peut rien ! crie-t-elle en agitant la lame sous le nez de Rim. C'est l'école qui décide, pas nous ! Cesse donc de me tourmenter…

Le père de Rim lui rend visite. Elle hésite d'abord puis finit par tout lui raconter : on l'humilie, on la maltraite, on la prive de ses enfants. Elle n'a pas vu Ghina et Taleb depuis des mois, on l'empêche de s'occuper de Nour qui passe son temps auprès de sa grand-mère. Elle le supplie de l'emmener avec sa fille à Kfarzeit. Elle ne supporte plus cette maison, elle va devenir folle entre ces murs.

Abou Réda la tance à mi-voix : elle ne doit pas songer à rentrer au village ! Qu'est-ce qu'elle irait faire à Kfarzeit ? Les temps sont durs, les gens crèvent la faim là-haut, les hommes abandonnent les champs, ils vont chercher du travail en ville. Ses frères et sœurs ont à peine de quoi manger alors qu'elle a la chance de vivre dans une famille riche qui l'héberge et la nourrit : qu'elle en profite au lieu de se plaindre !

Rim veut lui montrer la petite Nour mais, non sans brusquerie, il dit que ce n'est pas la peine. Elle mettra longtemps avant de comprendre les raisons de ce refus.

Regardant autour de lui, Abou Réda demande où est la bonne.

Elle est sortie faire des courses.

Rim ressent une brûlure au cœur quand elle voit son père, au moment de son départ, s'incliner obséquieusement devant Soraya G.

*

Une deuxième fête arrive, puis une troisième, et une autre encore. Les écoles ferment, les cris des gamins résonnent dans les rues, Rim attend en vain Ghina et Taleb. Soraya lui trouve à chaque fois des excuses que la jeune femme fait semblant de croire.

Le printemps s'achève sans que Rim ait revu ses aînés, mais elle ne désespère pas car les vacances d'été approchent : les enfants viendront certainement à la maison.

Un soir de juin, Soraya lui annonce que tout compte fait, après mûre réflexion, il lui semble que Ghina et Taleb devraient passer l'été à l'internat. Ils seront beaucoup mieux à la montagne avec des gamins de leur âge. Les mois de juillet et d'août sont trop chauds sur la côte. Que feront-ils s'ils rentrent à la maison de toute manière ? Ils perdront leur temps, ils gâcheront leurs journées à traîner avec les gosses mal élevés du voisinage. À l'école, ils auront des cours et ça leur fera du bien.

Le coup est aussi brutal qu'inattendu. Rim regagne sa chambre sans répondre. Le lendemain, elle demande à Soraya de l'emmener voir ses enfants une fois, une seule fois.

Je veux bien, ma fille, mais ça risque de les perturber.

J'ai besoin de les voir, je vous en supplie.

On en reparlera. Laisse-moi maintenant. J'ai la migraine.

Si vous refusez, j'irai toute seule.

Ne dis pas de bêtises ; tu ne sais même pas où ils sont.

Rim insiste ; jour après jour elle revient à la charge, harcèle sa belle-mère, brave sa colère, ignore ses menaces. C'est la première fois qu'elle lui tient tête. Soraya finit par céder : le 14 août, veille de fête, elle lui annonce qu'elle la conduira chez ses enfants le lendemain. Rim n'en dort pas la nuit. Son cœur palpite, ses veines bourdonnent. Elle se prépare depuis des semaines à ce moment. En cachette, elle a acheté des cadeaux et des vêtements à Ghina et Taleb. Le sac attend dans le coffre ; elle le sort délicatement, le dépose sur la chaise pour ne pas l'oublier, choisit la robe qu'elle va mettre.

Le jour suivant, après avoir servi le petit déjeuner et fait la vaisselle, elle embarque avec ses beaux-parents dans le taxi stationné devant la maison. Elle s'installe près du chauffeur, tandis que le couple prend place sur la banquette arrière. Soraya G. a confié Nour aux voisins, arguant que la route serait longue et qu'il allait faire chaud.

Le taxi roule pendant des heures sur des rubans sinueux aux réverbérations aveuglantes. Vers midi, on arrive à un monastère en pleine montagne, dressé comme un castel franc sur un promontoire, au milieu d'un plateau calcaire où des bosquets de chênes poussent laborieusement entre des roches gris-bleu transpercées de crevasses. La cour est encombrée d'automobiles. C'est un jour férié, beaucoup de parents en ont profité pour rendre visite à leur progéniture, les bras chargés de cadeaux. Le chauffeur dépose les G. devant une grande porte cintrée où des religieuses accueillent les familles. En reconnaissant Soraya et Toufic, une sœur les prie d'attendre ; elle va chercher Ghina et Taleb.

Rim n'a pas vu ses enfants depuis dix mois. Le sang bat à son cou, ses jambes tremblent. Quelques instants plus tard, Ghina apparaît, suivie de Taleb. Ils ont changé : le garçon a grandi, sa sœur porte les cheveux courts, ils ont des gestes que Rim ne leur connaît pas, une démarche mesurée, une allure de petits adultes.

Ils embrassent leurs grands-parents puis se tournent vers Rim. Elle les serre avec une fougue maladroite : ils se laissent faire, sans élan, sans chaleur.

La voix étranglée, elle balbutie :

Ça va, tout va bien ?

La réponse de Ghina la fige :

Pourquoi tu n'es jamais venue nous voir avec *téta* Soraya ?

Rim se refuse à comprendre. Le ton de Ghina est âpre, son regard hostile, elle lui en veut.

Grand-mère vient tous les quinze jours. Elle nous apporte des habits et des jouets, elle nous emmène au restaurant. Pourquoi tu ne l'as jamais accompagnée ? Pourquoi tu ne voulais pas nous voir ?

Ce n'est pas…

Le souffle lui manque. C'était donc ça, les prétendues visites de Soraya à sa sœur deux fois par mois ? Elle lui mentait ! Elle n'allait pas à Batroun mais à l'internat des enfants, elle n'allait pas voir sa sœur mais Ghina et Taleb !

Rim se tourne vers Mme G. qui fait diversion en demandant au chauffeur de remettre les cadeaux.

L'homme sort du coffre plusieurs paquets qu'il donne aux deux pensionnaires.

Eh bien ouvrez-les, tonne gaiement Soraya, qu'est-ce que vous attendez ?

Les enfants déballent les boîtes en carton avec une joie retenue : des vêtements, des jouets, des friandises. Ghina embrasse sa grand-mère, imitée aussitôt par son frère.

Rim se rappelle ses propres cadeaux. Elle tend le sac à Ghina et Taleb : ils le vident, défont les paquets, remercient poliment. Ils regardent à peine leur mère, épient sans cesse leurs grands-parents.

Je voulais vous voir mais on m'en a empêchée.

Cette phrase, Rim ne parvient pas à la dire. Elle la tourne et retourne mille fois dans sa tête sans réussir à la prononcer.

Soraya prend Ghina et Taleb à part. Elle discute longuement avec eux à l'ombre d'un chêne, tandis que son mari et sa belle-fille attendent sur un banc au milieu du va-et-vient. On emmène ensuite les petits au restaurant dans une bourgade voisine. C'est Mme G. qui s'occupe d'eux : elle les installe à ses côtés, les aide à passer la commande, veille à ce qu'ils ne manquent de rien. Rim les observe en silence. Dès que leurs yeux se croisent, elle leur fait un grand sourire où elle met toute son âme ; mais ils baissent aussitôt la tête : son regard doit les gêner, trop étrange, trop ardent, qui confirme sans doute ce qu'on leur a dit sur son compte, comme elle l'apprendra plus tard, qu'il faut se méfier d'elle, qu'elle est malade, qu'elle est devenue instable depuis la mort de leur père.

À la fin du repas, Rim décide de parler à Ghina. Sa fille doit savoir. Elle ne supporterait pas de rentrer à

Birzal sans lui avoir expliqué ce qu'elle a subi. Elle se lève soudain et lui demande de la suivre. Ghina, surprise, consulte sa grand-mère : Soraya sourit en hochant la tête.

Rim se confie à sa fille. Elle lui raconte tout, déroule son récit d'un seul trait, la voix brisée, les lèvres tremblantes.

Je voulais vous voir, je réclamais chaque jour de vous voir, on me mentait, on vous rendait visite dans mon dos.

Ghina répond sur un ton neutre :

Il ne faut pas t'inquiéter pour nous, on est bien ici, on apprend beaucoup de choses.

Et elle ajoute, considérant sa mère avec un sourire très doux où Rim croit percevoir une lueur de dédain :

C'est mieux comme ça, tu sais, c'est mieux pour nous.

C'est mieux pour eux. Elle ne leur a pas appris le français, ni les bonnes manières, ni l'accent convenable. Soraya G. a eu dix mois pour les en convaincre. C'est mieux pour eux d'être séparés de leur mère. Leur mère est une ignorante, une pauvresse, une malade pour laquelle ils doivent prier en espérant qu'elle se rétablira un jour.

Soraya demande la note. C'est l'heure de rentrer. Elle paye avec ostentation, glisse quelques billets dans la poche de Ghina. Puis on ramène les enfants à l'école. Ils embrassent leur grand-mère, se laissent embrasser par leur mère. Soraya leur fait ses ultimes recommandations avant d'embarquer dans le taxi, suivie par son mari et sa belle-fille. La voiture démarre, les enfants agitent la main. Rim cherche en vain à capter leur regard. Ni Ghina ni Taleb ne l'ont appelée maman de la journée.

Ils ont fait beaucoup de progrès, dit Soraya, tandis que le taxi s'engage sur la route nationale. Ils se débrouillent bien en français, ils sont polis, propres, habillés avec soin. On dirait des petits chrétiens, n'est-ce pas ?

Son époux grommelle un oui en tournant les pages de son journal.

Et puis ici, ils fréquentent des enfants de bonnes familles. C'est important pour leur avenir.

Rim ne dit rien à Soraya, ni dans la voiture, ni le soir, ni le lendemain. Aucun reproche, aucune question.

Pendant les semaines qui suivent, elle est si prostrée qu'elle n'a plus goût à rien. Elle travaille au ralenti, mange peu, dort mal, se lave à peine. Tout lui est devenu indifférent. Chaque effort lui coûte. Elle se traîne dans la maison, s'immobilise sur place, demeure là, les yeux dans le vague, les bras inertes. Elle ne réclame même plus d'aller voir ses enfants.

Elle a tellement maigri qu'elle flotte dans ses robes. Son corps lui échappe. Elle a l'impression de ne plus coïncider avec elle-même, d'être le témoin distrait d'une existence approximative dont elle s'aperçoit, par intervalles, sans y attacher la moindre importance, qu'elle est la sienne.

Vers la fin du mois de septembre, alors que Rim est en train de nettoyer la cuisine, Soraya lui annonce qu'elle a inscrit Nour en pension à Dreykat, dans la même école que Ghina et Taleb.

Les classes débutent dans deux semaines, nous devons préparer le trousseau de la petite.

Et elle ajoute avec calme, comme si de rien n'était :

Ne t'en fais pas, Nour rentrera à la maison pour les prochaines vacances. Nous la verrons souvent au cours de l'année scolaire.

Rim garde le silence. La nouvelle glisse sur elle comme la serpillère qu'elle passe sur le carrelage. Que Nour soit envoyée en internat ou pas, cela revient au même de toute façon : elle ne voit presque jamais sa fille. Soraya l'accapare jour et nuit, elle la retient auprès d'elle, tantôt à l'étage, tantôt dans le jardin où elle lui a fait installer un bac à sable et une balançoire. La plupart du temps elle l'emmène quand elle sort faire des visites dans le quartier. Nour s'est tellement habituée à Soraya que les rares fois où elle se retrouve seule avec Rim, elle ne cesse de réclamer sa grand-mère et de guetter son retour depuis la fenêtre, hissée sur la pointe des pieds. Rim est devenue une étrangère pour sa fille. Nour l'appelle encore maman, mais le mot maman résonne comme un nom propre dans sa bouche, le nom d'une personne familière, une sorte de gouvernante, ou de tante, ou de domestique.

II

M. et Mme G. sont sortis en fin d'après-midi pour une visite de condoléances. Ils ont laissé Nour à la maison : la petite ne s'est pas encore réveillée de sa sieste, elle dort à l'étage, comme d'habitude.

Rim termine la vaisselle, balaye la cuisine, met un peu d'ordre dans le salon. Puis elle rejoint sa chambre et s'assoit sur le lit, sans bouger, ce qui lui arrive de plus en plus souvent. Elle reste ainsi de longues minutes, immobile, les yeux attachés à une fissure du carrelage.

C'est alors que la *chose* surgit. La *chose*, qui n'est pas une révolte consciente, encore moins un acte prémédité. Elle sent d'abord comme une poussée de fièvre : des ondes de chaleur se répandent en elle, ses muscles se tendent, une série d'images, les mêmes images, se projettent sur les carreaux, des plans furtifs où elle est en train d'accomplir certains mouvements, certains gestes. Elle se dresse tout d'un coup, se dirige vers l'escalier, gravit les marches deux à deux jusqu'à la chambre de ses beaux-parents. Elle fouille dans les placards à la recherche de l'enveloppe brune où Maher avait coutume de ranger les papiers administratifs. Soraya la lui avait prise dès son arrivée à Birzal : tu risques de l'égarer, tu n'en as pas besoin de toute façon, Toufic s'occupera des formalités désormais.

Il y a près de l'armoire un secrétaire en bois massif. Il n'est pas fermé à clé. Rim l'ouvre, y trouve des dossiers, des passeports, une boîte à bijoux. L'enveloppe est là, à l'intérieur d'une chemise : elle contient les attestations scolaires des enfants, leurs actes de naissance et leurs extraits d'état civil. Rim la fourre dans un sac avec une bouteille d'eau, un paquet de petits-beurre, quelques vêtements puis, aussi délicatement que possible, elle tire Nour du lit ; la gamine s'abandonne sur son épaule sans se réveiller.

Elle hésite un instant sur le seuil de la maison. Ses yeux errent entre la porte entrouverte, les plates-bandes de la cour, les murs du vestibule où flottent des ombres grises. Nour ne bouge pas. Le silence les encercle, un silence épais, lourd de menaces. Il est encore temps. Elle peut renoncer, faire marche arrière, recoucher la petite et tout remettre en place, vite, avant le retour de Soraya. Mais quelque chose l'en empêche, la pousse à poursuivre son élan. Elle quitte la maison, file en direction de la gare routière. Les rues grouillent de gens qui rentrent de travail ou effectuent leurs derniers achats. Elle se garde de courir pour ne pas attirer l'attention. Elle est terrifiée à l'idée de croiser ses beaux-parents ou un membre de la famille.

L'avenue de l'Indépendance résonne de klaxons et de bruits. Elle ne sait pas où elle va. Sa seule certitude est qu'elle doit partir, partir loin, quelque part où l'on ne pourra pas la retrouver. Elle connaît Soraya. Elle sait qu'elle remuera ciel et terre pour récupérer sa petite-fille. Elle en a les moyens. Rim doit disparaître, elle doit se cacher dans un endroit où personne n'aura l'idée de la chercher. Ça ne peut être ni Sarjine, ni Sarafand, ni aucun des villages où elle a vécu avec Maher. Elle ne peut pas rentrer à Kfarzeit non plus, encore moins traverser la frontière pour s'abriter en Syrie.

L'évidence s'impose à elle tandis qu'elle s'approche de la gare routière : elle n'a pas le choix, elle doit trouver refuge à Beyrouth. Nulle part ailleurs elle ne pourra mieux se cacher avec Nour. Cette perspective l'effraie, elle n'a jamais mis les pieds dans la capitale, elle n'y connaît personne, mais il n'y a pas d'autre issue.

Une animation extraordinaire règne aux abords de la gare. C'est la fin des vacances, la saison des pluies n'est pas loin, les écoles rouvrent bientôt leurs portes : par dizaines les familles débarquent de la montagne avec des charretées de provisions. On se bouscule, on crie, on traîne des ballots et des valises, des enfants pleurent, des vendeurs à la sauvette vantent leur camelote, des portefaix frayent difficilement leur chemin à travers la cohue, l'échine courbée, les deux mains agrippées à la sangle en cuir qui ceinture leur front.

Elle se renseigne : le prochain car pour Beyrouth démarre dans vingt minutes. Autant dire vingt heures. Chaque seconde est une torture. Elle se terre avec Nour entre une guérite et un empilement de caisses. Elle a le souffle coupé dès qu'elle voit un uniforme. La petite s'est réveillée ; elle se tient tranquille, elle ne s'éloigne pas, ne réclame pas sa grand-mère. Une seule fois elle demande ce qu'on fait ici ; Rim lui dit qu'elles vont quitter Birzal mais qu'il ne faut pas s'inquiéter : tout ira bien. Nour la regarde longuement, en silence, puis elle se détourne pour observer un vieux vendeur de café qui fait claquer ses tasses comme des castagnettes.

Le car s'ébranle à l'heure. Elle est assise à l'arrière, la tête appuyée contre la vitre, Nour couchée dans son giron. Birzal décroît, s'effiloche, se troue de vergers et de terrains vagues. Tout cela est-il vrai ? Rim se dit qu'elle est peut-être en train de rêver : elle n'est pas dans un car, les réverbères n'éclairent pas les bananeraies qui bordent la route, Nour ne dort pas sur ses genoux, il n'y a pas de cèdre imprimé sur le dos du siège devant elle, une touffe de crin ne s'échappe pas de la moleskine déchirée dont elle croit sentir les fibres sous la main. Oui, elle rêve. Elle est dans son lit, elle va se réveiller. Elle se lèvera, elle ouvrira la porte, elle ira préparer le petit déjeuner de Soraya et Toufic G. comme tous les matins : du pain grillé, du fromage, du *labneh*, des olives, un jus d'orange, du thé ; elle voit le plateau garni d'une tige de menthe qu'elle vient de cueillir dans le jardin ; elle respire les odeurs de l'infusion et du pain chaud. Cette nuit est un mensonge.

Mais non, elle a beau nier l'évidence, elle sait qu'elle ne rêve pas. La nuit n'est pas un mensonge. Les paysages qui défilent dans la lumière glauque sont vrais. Tout ce qu'elle vit est vrai. Elle fuit avec sa petite fille. La police va les rechercher. On va l'arrêter, lui enlever Nour.

La gare routière de Beyrouth grouille de monde. Rim traverse la foule en serrant sa fille endormie. Elle ne sait pas où aller. Elle n'a aucun nom en tête, aucune adresse. Elle n'a pas les moyens de loger à l'hôtel.

Avancer. Marcher. Elle prend une direction au hasard, enfile les avenues, parvient à une ruelle illuminée d'enseignes multicolores où se succèdent des cafés, des bars, des restaurants. Une double porte capitonnée s'ouvre à son passage, libérant des bouffées de tabac et de décibels. Des couples se tiennent sur le trottoir ; on parle fort, on rit, des odeurs de parfum et d'alcool tournoient dans l'air. Une dame en robe moulante, fume-cigarette aux doigts, la regarde avec insistance, semble sur le point de lui adresser la parole. Rim baisse la tête avant de s'éclipser à l'angle d'une rôtisserie. Sa fille dort à poings fermés. Elle s'engage dans une rue plus large, bien éclairée, où se dressent des hôtels particuliers et des immeubles cossus. Des voitures de luxe s'alignent le long du trottoir, massives, rutilantes. Derrière les grillages ouvragés, elle devine des jardins, des vasques de marbre, des silhouettes de statues. Un vigile en livrée fait les cent pas devant un immense porche tarabiscoté, pareil à un arc de triomphe ; il s'arrête, la toise, attend qu'elle s'éloigne pour reprendre son va-et-vient.

À peine quelques rues plus loin, elle se retrouve dans un quartier sale et sombre où des bâtiments informes, couverts de lézardes, se serrent au milieu d'une odeur rance d'immondices et de cuisine. Pas un arbre, pas un centimètre carré de verdure. Pas de trottoirs non plus, ni de réverbères pour éclairer les guimbardes cabossées et les adolescents rassemblés autour d'une radio qui écoutent de la musique occidentale en grillant une cigarette. Des faisceaux de fils électriques pendent anarchiquement entre les immeubles, des monceaux de détritus s'entassent dans les coins, qu'on va peut-être brûler comme on le fait dans les villages. Sur les balcons et devant les entrées des bâtisses, des hommes disputent une partie de tric-trac en fumant un narghilé, alors que leurs femmes, un fichu sur la tête, écossent des haricots, vident des courgettes, trient des graines de lentilles sur un plateau de fer-blanc.

Elle poursuit son chemin, les sens aux aguets, prête à fuir à la moindre alerte. Pendant des heures elle marche sans but dans cette ville inconnue ; elle gravit des rues raides comme les venelles de Chebaa, longe des mosquées et des églises, traverse des places, des carrefours, des boulevards, des souks aux allées désertes où les chats errent au milieu des ordures. L'angoisse ne la quitte pas. Elle s'attend à se faire arrêter à tout instant. Elle a l'impression que des ombres la traquent, la talonnent ; elle entend des pas, des chuchotements, elle voit des reflets jouer sur les murs, des silhouettes qui disparaissent à l'angle des bâtiments. Si elle croise quelqu'un, elle baisse les yeux, accélère, portée par la peur.

Alors qu'elle remonte une avenue, elle voit passer une troupe de mendiants couverts de loques : deux vieilles femmes, des hommes plus jeunes, des adolescents aux cheveux hirsutes ; quelques individus sont mutilés, amputés du bras ou de la jambe, les moignons à nu ; un garçon a le bas du visage et le cou entièrement brûlés ; un autre bouge la tête sans arrêt, une tête minuscule aux yeux hagards, les lèvres frémissantes comme s'il s'apprêtait à cracher ou à proférer une injure.

Ses pas la conduisent dans un secteur en construction situé derrière une zone industrielle. Des immeubles dressent çà et là leurs carcasses vides parmi des engins de chantier. La mer doit être proche ; Rim la sent comme à Birzal, les soirs de tempête, quand le vent se chargeait d'embruns et qu'elle croyait entendre au loin le fracas du ressac sur l'à-pic rocheux de la corniche. D'instinct elle suit l'air du large. Elle emprunte un chemin qui longe une clôture puis traverse des terrains vagues avant de grimper une colline sablonneuse entre des massifs d'ajoncs et des amas de rocaille éclairés faiblement par la lune.

La Méditerranée lui apparaît soudain, vaste et noire, transpercée d'un long chenal d'argent qui s'évase à l'horizon. Les vagues s'engouffrent dans des criques étroites ou s'étalent sur les plages et les bancs rocheux. Elle respire l'air humide, elle entend le remuement des eaux, le crépitement de l'écume sur le rivage. La proximité de la mer la rassure. C'est un espace familier, un repère intime. Son émotion retombe progressivement. La peur relâche son étreinte.

Elle s'installe parmi les buissons. Nour se réveille un peu plus tard : elle boit, mange des biscuits ; son regard embué cherche autour d'elle, puis elle se rendort. Rim n'a pas sommeil, elle attend l'aube, sans bouger, les yeux rivés à l'horizon.

Le lendemain, Rim regagne la ville. Elle marche en rasant les murs, la tête enfoncée dans les épaules. La circulation, les bruits, les passants, tout l'intimide, tout l'effraye. Elle évite de regarder les gens en face, rebrousse chemin dès qu'elle repère la silhouette d'un policier ou d'un gendarme.

Nour trotte à ses côtés. Quand elle est fatiguée, elle lui tend les bras et Rim la porte. La petite ne dit rien, elle observe : ses yeux engloutissent tout ce qui passe, vitrines, piétons, vendeurs de *kaak*, chiens tenus en laisse par des dames étrangères, nounous promenant des gamins endimanchés, cireurs de chaussures accroupis sur des boîtes de lait en poudre. Elle ne se plaint pas, ne pleure pas. Une seule fois elle dit qu'elle veut rentrer à la maison ; sa grand-mère lui manque, murmure-t-elle avec une légère moue, et puis elle doit coiffer Zmorrod, sa poupée favorite qui l'attend sur son lit.

Rim entre dans une boulangerie pour acheter des *manaïchs*. Le four est éteint ; le jeune commis, douze ans à peine, le rallume avant d'y glisser deux galettes à l'aide d'une longue planche en bois. Rim soulève Nour et l'assoit sur le comptoir. La petite scrute songeusement la gueule du four, les pâtes aux bords crénelés, saupoudrées de thym et de sésame, qui brunissent, gonflent, forment des cloques où scintillent des plaques d'huile. Les flammes aboient dans ses yeux, lui embrasent les joues d'une teinte bronze et tremblante.

Elles mangent un peu plus loin, assises sur un muret de ciment. Nour s'endort contre sa mère avant de terminer sa galette ; Rim la porte et se remet en marche. Les gens vaquent à leurs occupations sans lui prêter attention. L'argent qui lui reste suffit pour quelques repas encore. Elle ne sait pas quoi faire, où aller. Elle ne sait même pas ce qu'elle cherche ni ce qu'elle espère au juste. Elle est seulement sûre qu'elle ne veut pas rentrer à Birzal et qu'elle ne laissera personne lui prendre sa fille.

Rim et Nour errent pendant des heures. En début d'après-midi, le soleil disparaît derrière les nuages, la ville s'assombrit brusquement. Rim sent l'odeur de la pluie, elle s'arrête pour mettre un tricot à Nour. Des bourrasques de plus en plus fortes agitent les arbres, bousculent les piétons en provoquant des tourbillons de poussière. Une poignée de minutes suffit pour que le ciel se déchire et déverse des trombes d'eau sur leurs têtes. Elle court s'abriter avec Nour sous un pont où d'autres passants ont trouvé refuge : un jeune homme secoue ses habits, une dame essuie ses lunettes, un monsieur en costume sèche ses documents trempés en les frottant avec le revers de sa veste.

Rim se met à l'écart, le dos appuyé contre un pilier. Nour observe les gens avec attention. Elle tire machinalement sur le col du pull que sa mère lui a enfilé malgré elle. L'angoisse saisit Rim de nouveau : elle doit trouver un toit, du travail, très vite. Mais où, comment ? À qui s'adresser ? Elle s'imagine en train de frapper aux portes, d'entrer dans les boutiques, de solliciter les dames dans la rue. Elle s'entend proposer ses services, expliquer qu'elle sait repasser et coudre, qu'elle est honnête et soigneuse. Sa peur est amplifiée par la grisaille et les geignements lugubres du pont sous le poids des véhicules.

Absorbée par ses pensées, elle s'aperçoit soudain que l'averse a cessé et qu'il n'y a plus personne autour d'elle à part Nour. Elle vient de soulever la petite quand elle entend une voix rugueuse résonner sous la travée du pont. Elle sursaute, se retourne : deux gendarmes lui font face, les visages brouillés par le contre-jour. On lui demande ses papiers ; elle fouille dans le sac en tremblant, tend sa carte d'identité. Les hommes échangent un coup d'œil silencieux.

Vous allez nous accompagner au poste.

Ils l'attrapent chacun par un bras pour l'emmener dans un bâtiment non loin de là. Elle serre sa fille de toutes ses forces : Nour ignore les agents ; elle épie sa mère, fixant sur elle ce même regard que Rim a souvent surpris chez Ghina et Taleb, un regard qui guette, qui sonde au-delà des simulacres : inutile de se cacher derrière son masque, de dissimuler sa peur en domptant son souffle ; elle est sûre que les yeux de son enfant la percent à jour.

On les enferme dans une cellule vide pendant un long moment. Rim pressent le pire, les visions se heurtent dans sa tête : des individus surgissent pour lui prendre sa fille, elle essaie de leur résister, elle s'accroche à la petite, ils lui arrachent l'enfant, la repoussent, sortent, elle se jette sur la porte et la martèle en hurlant à mort.

Or personne ne vient. Elle entend des sonneries, des bruits de pas, des cliquètements de machine à écrire. Nour a fermé les yeux : elle ne dort pas, Rim en est certaine, elle le voit à ses paupières crispées et frémissantes. Elle voudrait lui parler, la préparer, mais elle n'ose pas desserrer les lèvres : sa voix la lâcherait, son corps la trahirait, elle effrayerait sa fille au lieu de la réconforter.

La porte s'ouvre subitement ; elle s'agrippe à Nour.

L'officier vous attend.

On les conduit chez le capitaine Doughane, un homme maigre et moustachu qui paraît avoir la cinquantaine. La pluie a repris. Des éclairs illuminent la ville ; leurs éclats furtifs incendient la fenêtre derrière l'officier.

Vous êtes la femme de Maher G. ?

Rim fait oui de la tête.

Il semble sur le point d'ajouter quelque chose ; puis, après un silence :

Vous avez deux autres enfants, n'est-ce pas ?

Oui, Ghina et Taleb.

Vous êtes arrivée quand à Beyrouth ?

Rim répond aux questions, explique pourquoi elle a quitté Birzal, ce qu'elle fait dans la capitale, où elle a passé la nuit.

Elle tressaille lorsque le capitaine, sans changer de ton, lui demande de rendre les bijoux qu'elle a dérobés dans la maison de ses beaux-parents.

Elle ne comprend pas. Quels bijoux ? De quoi parle-t-il ?

Vous avez emporté un collier de diamants et des bracelets en or appartenant à Mme G. Où sont-ils ?

Elle reste bouche bée. Soraya est capable de mensonge et de manipulation, elle le sait, mais qu'elle l'accuse de ça, qu'elle la fasse passer pour une voleuse !

D'une voix blanche, dominant ses larmes et sa colère, elle jure qu'elle n'a rien volé, ni chez Mme G., ni nulle part ailleurs. Elle supplie qu'on la fouille : voici mon sac, voici ma fille, fouillez-les, fouillez-moi, je n'ai rien pris en partant, rien du tout, ma belle-mère a inventé cette histoire pour m'enlever Nour.

Le capitaine l'observe d'un air pensif. Au bout d'un moment, il se lève et lui ordonne de le suivre. Ils empruntent un long couloir jusqu'à une porte qu'il ouvre sans frapper ; Rim le voit chuchoter quelque chose à une femme en uniforme avant de disparaître. La dame lui fait signe d'entrer ; elle lui demande de se déshabiller avec Nour, elle examine minutieusement leurs vêtements, vide le sac dont elle scrute les coutures. L'inspection terminée, elle sort en verrouillant la porte.

Une heure plus tard, un agent vient la trouver. Rim reconnaît l'un des deux gendarmes qui l'avaient appréhendée sous le pont. Il lui annonce qu'elle est libre : le capitaine Doughane a ordonné qu'on la relâche tout de suite. En l'accompagnant vers la sortie, il lui conseille de ne pas rester à Beyrouth. Qu'elle rentre à Birzal, elle ne pourra pas se débrouiller seule ici, à plus forte raison avec un enfant. Une femme ne peut pas vivre seule ; elle a besoin d'un homme et d'une famille à ses côtés.

Rim fait ses premiers pas de femme libre avec Nour dans les bras, indifférente à la pluie qui continue de tomber sur Beyrouth.

*

La dame est en robe de chambre, les cheveux enroulés sur des bigoudis. Elle se tient dans l'embrasure de la porte.

Vous savez repasser ?

Rim répond que oui, elle sait également coudre, faire la cuisine, tout ce qu'on veut.

Son cœur bat à vive allure : le jour décline, la pluie est ininterrompue depuis des heures. Elle s'est adressée à des dizaines de personnes, elle est entrée dans autant d'immeubles pour proposer ses services. C'est la première fois qu'on lui répond par autre chose qu'un « non » plus ou moins enrobé de civilités. Elle est bouleversée qu'on l'écoute, qu'on lui donne une chance, aussi minime soit-elle.

La dame la dévisage avec méfiance, la main sur la poignée. Elle semble hésiter. Rim panique à mesure que les secondes passent : elle supplie, devient pressante, en rajoute. Sa voix se brise, ses yeux se noient de larmes. Elle est consciente d'en faire trop, mais impossible de résister à cette pente. Elle finit par saisir la main de la dame qui subitement prend peur et, sans rien dire, d'un geste brusque, lui ferme la porte au nez. Rim se retrouve sur le palier, interloquée, incapable de répondre à Nour qui l'appelle en gémissant. Elle s'en veut. Elle aurait dû garder son calme, continuer à vanter ses services sur un ton posé. À présent c'est trop tard.

Elle met un certain temps avant de reprendre l'escalier, les jambes molles, la gorge sèche. Elle est épuisée. Pour la première fois depuis son départ de Birzal, elle regrette sa fuite. C'était une erreur, une folie. L'idée la traverse qu'elle devrait rentrer chez les G. : elle est partie sur un coup de tête sans réfléchir aux conséquences. Elle a vingt-trois ans, elle est analphabète, ses poches sont vides. Jamais elle ne pourra s'en sortir seule. Sa fille va souffrir avec elle, comme elle souffre à présent, sans parler des dangers auxquels elle l'expose.

La nuit est complètement tombée, les réverbères diffusent une lumière poudreuse transpercée par les phares des automobiles. Elle prend à gauche au hasard, son sac à l'épaule, tirant Nour par la main. Elle n'a plus la force de porter sa fille qui avance avec peine. La mère et l'enfant ne marchent plus ; elles se traînent sur les trottoirs trempés.

Au bout de quelques rues, Rim s'engouffre dans le hall d'un immeuble et, cherchant un endroit à l'abri des regards, elle s'assoit en tailleur derrière un pilier. Il reste un morceau de galette ; elle le tend à Nour qui secoue la tête en serrant les lèvres. Rim s'assoupit, l'enfant couchée contre elle, l'esprit criblé d'images fugaces où résonnent la pluie battante et les coups de tonnerre.

Au milieu de son sommeil, elle a l'impression que quelque chose bouge sur sa jambe. Ce n'est pas Nour dont elle sent la chaleur contre son ventre : ses mains sont posées sur la tête et les mollets de la petite fille, Nour est parfaitement immobile hormis les légers soubresauts qui la parcourent par intermittence. La sensation se précise, c'est comme des doigts qui tapotent sur sa peau, avec en contrepoint un bruit familier, un froissement de papier, un journal qu'on déplie. Elle ouvre les yeux : le hall est éclairé chichement par les réverbères de la rue voisine. Là, sur sa jambe droite, elle voit de manière distincte des formes qui remuent en fourrageant dans le sac. Il lui faut quelques instants avant de comprendre que ce sont des rats. Des rats se trouvent sur elle, tout près de sa fille, attirés sans doute par l'odeur de la galette enveloppée dans du papier journal.

Elle veut hurler, se lever, fuir avec Nour : impossible d'écarter les lèvres, d'effectuer le moindre mouvement. Elle doit déployer un effort surhumain pour attraper la bandoulière du sac, se dresser lentement en portant sa fille, avant de courir vers la sortie. Elle ne se retourne pas, elle fonce à l'aveugle, incapable de réfléchir, hantée par les rongeurs dont elle imagine la présence partout dans la ville, grouillant dans tous les recoins, prenant des dimensions monstrueuses qui se confondent avec les ombres de la nuit.

Ses forces l'abandonnent. À bout de souffle, elle se pose sous l'auvent d'un bâtiment public. Elle demeure là jusqu'à l'aube, les yeux grands ouverts, tandis que Nour dort dans ses bras. La pluie a cessé ; un ciel sans nuages rougeoie peu à peu avant de bleuir au-dessus des immeubles. Bientôt apparaissent les premières silhouettes : des écoliers harnachés de gros cartables, des vendeurs ambulants poussant des charrettes, quelques individus pressés de rejoindre leur travail.

Rim observe les passants dans un état de semi-torpeur quand, soudain, une dame s'arrête au pied des marches.

Qu'est-ce que tu fais là avec cette enfant ?

Rim ne répond pas.

La femme s'approche, le visage fermé, l'air hargneux.

Tu n'as pas honte d'utiliser ta fille pour mendier ? Tu as l'âge de travailler : lève-toi, va te trouver un gagne-pain honnête au lieu de tendre la main dans la rue !

Là-dessus elle tourne les talons en maugréant pour disparaître au coin d'un immeuble. Quelques minutes plus tard, alors que Rim commence à se décrisper, un homme en costume surgit devant elle, le visage prognathe creusé par les rides. Il lui ordonne de dégager tout de suite : elle bloque le passage, c'est l'entrée d'un ministère, qu'elle aille quêter ailleurs.

Nour dort encore, ou fait semblant de dormir comme elle le fera souvent désormais. Rim la porte et reprend la marche, avançant de façon mécanique, les muscles raidis par la fatigue. Elle n'est pas certaine de comprendre ce qui lui arrive, ni même d'être réveillée. Elle a l'impression de flotter dans un état irréel, un mauvais rêve peut-être, un long cauchemar commencé à l'instant où elle a quitté Birzal. Il lui reste suffisamment de lucidité pour admettre qu'elle n'a aucune chance de trouver du travail, encore moins un toit : elle est sale et débraillée, elle a un enfant sur les bras. Qui voudrait d'elle ? Qui pourrait la laisser entrer chez lui ?

La veille, elle passait inaperçue dans les rues de la ville. Elle était une jeune femme parmi des milliers d'autres, accompagnée de sa petite fille. À présent elle attire les regards, des regards intrigués, apitoyés, hostiles. Même les marchands ambulants se méfient d'elle : elle a hélé un vendeur de *kaak* à bicyclette qui ne s'est pas arrêté ; un autre poussant une charrette lui a remis une brioche sans empocher les pièces qu'elle lui tendait.

Nour n'ouvre plus la bouche. Rim essaye de lui parler ; la petite répond d'un vague mouvement de la tête, les mâchoires serrées. Elle veut sans doute rentrer chez sa grand-mère, se dit Rim. Elle-même y pense de plus en plus. Elle compte l'argent qui lui reste : c'est assez pour payer le retour à Birzal. Ce serait simple, elle n'aurait qu'à demander son chemin et prendre un car à la gare routière ; en moins d'une heure, Nour et elle se retrouveraient chez les parents de Maher où elles seraient en sécurité, mangeant à leur faim, dormant dans des draps propres à l'abri du froid et des périls. Cette perspective l'ébranle, anéantit toute velléité de résistance. Elle en oublie les mauvais traitements de Soraya, ses mensonges, ses humiliations, ses stratagèmes pour la séparer de ses enfants. Elle en oublie la raison même de sa fugue : le départ imminent de Nour qui devait rejoindre Ghina et Taleb en pension.

Elle s'arrête dans un coin, s'agenouille devant sa fille.

D'une voix qui sort âcre et tremblante alors qu'elle la voulait douce et posée, elle demande à Nour si elle a envie de rentrer chez sa grand-mère. La question est inutile, elle connaît la réponse, mais elle a besoin de l'entendre pour lâcher prise.

La petite hausse les épaules sans un mot.

Tu veux qu'on rentre chez *téta* Soraya à Birzal ?

Même haussement d'épaules. Rim ne comprend pas :

Tu ne veux pas aller chez *téta,* retrouver ta chambre, tes jouets, ta poupée Zmorrod, la balançoire dans le jardin ?

Nour fait non de la tête.

Rim la fixe un long moment, incrédule.

Tu veux qu'on reste ici ?

La gamine ouvre les bras et cherche à étreindre sa mère. Rim sent les petites mains qui la serrent maladroitement. Elle ne sait pas ce qui traverse l'esprit de Nour à cet instant-là, elle ignore quelle force intérieure ou extérieure porte l'enfant. Ce qu'elle sait pour sûr en revanche, c'est que sans sa fille, sans cet élan qu'elle a eu, elle serait tout de suite rentrée à Birzal.

Son errance reprend avec la petite à ses côtés, ou dans ses bras quand elle ne peut plus suivre et que le sommeil la gagne. À l'aide des flaques qui stagnent çà et là depuis la dernière pluie, Rim lave sa fille, se débarbouille, nettoie les taches trop visibles sur sa robe, puis elle s'attache les cheveux avec un élastique.

Comme la veille, elle sollicite les boutiquiers, elle s'introduit dans les immeubles, frappe aux portes, interroge les gardiens. Les gens l'écoutent poliment, certains se montrent aimables, mais les réponses sont partout les mêmes : nous n'avons pas besoin d'aide. Elle insiste, offre de travailler gratuitement en échange du gîte et du couvert pour elle et pour Nour. En vain. Ses services n'intéressent personne. Elle apprendra plus tard que toutes les places étaient prises par des jeunes femmes fuyant les régions pauvres du pays, en particulier le Sud et la Békaa.

Elle ne se décourage pas pour autant. Il fait jour, la ville baigne dans une lumière limpide, comme épurée par la pluie qui a chassé la poussière et poli les surfaces. Chaque fois qu'elle sort d'un immeuble, son premier réflexe est de lever le nez vers le soleil : tant qu'il est haut dans le ciel et que ses rayons lui réchauffent la peau, elle se dit que la journée est encore longue, qu'une main tendue l'attend quelque part, ce qui lui donne la force de persévérer malgré la fatigue. Nour ne se plaint pas. Elle suit sa mère à pied, retranchée dans son silence. À plusieurs reprises Rim lui propose de la porter ; elle accepte parfois, refuse la plupart du temps avec un léger mouvement d'humeur, l'air de dire ça va, je me débrouille, je suis assez grande pour marcher toute seule.

Or bientôt la lumière se met à décroître, le soleil déserte les étages inférieurs pour se replier sur les toitures avant de disparaître complètement. Rim sent l'approche du danger, la montée de l'angoisse. Des images de la nuit précédente refluent : trottoirs mal éclairés, ombres inquiétantes, silhouettes furtives s'engouffrant dans les bâtiments et, surtout, eux, les rats sur ses jambes, tout près de Nour.

*

Au moment d'entrer dans son énième immeuble, elle est interpellée par un individu aux cheveux blancs, le gardien sans doute. Voix essoufflée, démarche boiteuse, il se dirige vers elle pour lui demander ce qu'elle vient faire. Rim répond qu'elle cherche du travail en s'attendant à être refoulée ; l'homme se contente d'esquisser un geste de la main accompagné d'une moue sceptique qui semble signifier *allez-y mais vous perdez votre temps*.

Rim fait un à un les logements des sept étages. Plusieurs portes restent closes, d'autres s'ouvrent pour se refermer aussitôt : on n'a besoin de personne, allez voir ailleurs. Deux femmes lui donnent quelques pièces, une troisième lui remet du pain et un bout de fromage.

Alors qu'elle vient d'essuyer un nouveau refus, une sensation d'épuisement la submerge soudain : elle est tentée de se poser là, sur ce palier, entre l'ascenseur et les marches ; ne plus bouger, ne plus parler, ne plus penser, serrer Nour dans ses bras et dormir. Malgré tout elle continue de frapper aux portes, de façon machinale, absente à elle-même, puisant dans ses dernières réserves d'énergie.

Tandis qu'elle traverse le hall pour sortir, elle revoit le gardien qui semble l'attendre. Il s'approche, l'air hésitant. Ses mots sont à peine audibles.

Tu habites où ?

Le nom de Sarjine lui vient spontanément aux lèvres, dernier lieu où elle a vécu avec Maher et ses trois enfants.

Sarjine ! Tu as de la famille à Beyrouth ?

Elle ne répond pas.

Où est-ce que tu dors ?

Silence.

Le visage de l'homme est dans la pénombre, ses murmures étranglés évoquent le souffle d'un moribond.

Où vas-tu passer la nuit avec ta fille ?

Comme elle ne dit rien, il lui propose de dormir dans sa loge. Il y habite seul avec sa femme, il y a de la place. Elles ne vont quand même pas coucher dehors ! Sans attendre sa réaction, il la prend par le bras et l'entraîne vers une porte entrouverte au fond du hall. Elle résiste un peu avant de se laisser faire.

La loge est petite. Le gardien installe Rim et Nour dans un séjour à l'ameublement sommaire : un sofa entouré de quatre chaises en osier tressé, une vieille commode surmontée d'un poster jauni représentant une chaumière au bord d'un ruisseau et, au milieu de la pièce, une table basse où trône un pot de fleurs artificielles entre un cendrier-réclame et une boîte de mouchoirs. L'homme disparaît derrière la porte de ce qui doit être la chambre à coucher, pour revenir avec un drap, une couverture et une grande serviette qu'il remet à la jeune femme. Il lui indique la salle de bains en signalant qu'il y a de l'eau chaude, puis il l'emmène dans la cuisine où il lui montre le garde-manger et le panier à pain.

Prends tout ce que tu veux, il y a une boulangerie et une épicerie à deux pas.

Là-dessus il sort.

Rim ne raisonne pas, ne pense pas, ne s'étonne pas de passer la nuit dans l'appartement d'un inconnu. Elle prépare un sandwich à sa fille, avale le pain et le morceau de *halloum* qu'une dame lui a donnés au cinquième étage, prend un bain rapide avec Nour qu'elle couche sur le sofa avant de laver leurs vêtements raidis par la crasse. À peine étendue auprès de l'enfant, elle s'enfonce dans le sommeil.

Quand elle rouvre les yeux, il fait jour, une lumière grise filtre à travers les interstices des volets. Des ombres ondoient sur le plafond, un air frais lui effleure les joues. Elle a dormi toute la nuit sans se réveiller. Nour s'amuse par terre avec une poupée russe. Rim se redresse, regarde autour d'elle. Il n'y a aucun bruit dans l'appartement sinon l'entrechoc des figurines de bois entre les mains de l'enfant. Elle appelle sa fille ; Nour lui répond d'un hochement de tête, absorbée par ses jouets qu'elle manipule en marmonnant des paroles indistinctes.

Un peu plus tard, alors qu'elles sont habillées et prêtes à partir, la porte s'ouvre avec précaution : c'est le gardien qui rentre, les cheveux trempés, la veste mouchetée de pluie. Il tient un sac en papier qu'il pose sur un coin de la table. Le temps de reprendre son souffle, il sort du sac un plateau de *knéfé* et des galettes au sésame qu'il présente à Rim. Les portions réparties, on mange en silence. L'homme mâche lentement, fait une grimace chaque fois qu'il avale un morceau. Il n'est pas rasé :

une barbe de trois jours lui blanchit le bas du visage, couvrant partiellement la longue cicatrice qui court de la tempe droite au menton. Tout en lui respire la désolation.

Nour mange avec appétit. Elle ne dit rien, ne regarde personne. Avant chaque bouchée, elle scrute la galette farcie de *knéfé* sous tous les angles, la tournant et la retournant avec gourmandise dans ses petites mains.

Le repas fini, Rim remercie son hôte en se préparant à sortir. D'un geste il l'invite à se rasseoir. Où va-t-elle comme ça ? Il pleut dehors, rien ne presse. La voix étouffée, un peu sibilante, il annonce qu'il a une proposition à lui faire : elle cherche du travail ; il a besoin d'aide ; est-ce qu'elle serait prête à s'occuper de sa femme et de la loge ? Son épouse est alitée, elle nécessite des soins constants. Il se fait vieux et n'arrive plus à mener de front toutes ses tâches. Si Rim accepte, il lui versera une partie de son salaire, en plus de lui assurer le logement : il y a une pièce meublée sur le toit où elle pourra s'installer avec Nour. Elle a servi à son fils avant son départ pour l'armée. La petite ira à l'école publique qui se trouve à quelques pâtés d'immeubles. Il veillera à ce qu'elles ne manquent de rien.

L'homme se lève et lui fait signe de le suivre dans la chambre à coucher. Rim remarque d'abord un fauteuil roulant puis, étendue sur un lit, une femme aux cheveux gris qui regarde du côté de la fenêtre entrouverte. Son extrême maigreur la frappe ; pas une once de chair sur son squelette tendu d'une peau jaunâtre : les doigts laissent deviner le détail de l'ossature, les pommettes et les mâchoires pointent sous l'épiderme. Le gardien prend la main de Rim et la pose sur celle de son épouse. Les yeux de la malade se détachent de l'extérieur pour s'arrêter sur la jeune femme. Un abîme creuse chacune de ces larges orbites où surnagent deux prunelles sans couleur à l'expression indéfinissable, quelque chose qui n'est pas du désespoir, même pas de la tristesse, mais une sorte d'indifférence à tout, un renoncement absolu. Elle fait une grimace (tentative de sourire ? manifestation de rejet ?), balbutie des mots inintelligibles et se tourne de nouveau vers la fenêtre.

Le gardien explique à Rim ce qu'il attend d'elle. Il lui montre comment elle doit frictionner le dos de Hadil, comment la changer, la masser, plier et déplier ses membres. Chaque matin, il l'aidera à la transporter dans le fauteuil roulant pour sa promenade quotidienne. La dame réagit si peu aux propos de son mari que Rim l'aurait crue sourde sans le frémissement de ses paupières quand Nour, qui les avait suivis dans la pièce, a fait tomber la poupée gigogne sur le carrelage.

Le gardien l'emmène en ascenseur au septième étage d'où ils prennent un escalier raide jusqu'au toit de l'immeuble. Là, entre un réservoir et un empilement de caisses, se dresse une petite construction en parpaings. Les murs sont enduits d'une mince couche de béton fissurée à plusieurs endroits. L'intérieur n'est pas moins spartiate : un lit de camp, un poêle, une table en formica, un meuble de rangement, un coin-cuisine et, séparées de la pièce par un simple paravent, des toilettes flanquées d'une douche.

Rim dit oui.

Hadil est paralysée depuis longtemps. Elle a été renversée par un véhicule qui roulait en sens interdit dans le quartier de Bachoura. Le chauffard n'avait pas seize ans, il avait dérobé la voiture de son père pour épater ses camarades, conduisant sans phares alors que la nuit tombait sur la ville. Hadil est restée plusieurs jours dans le coma. À son réveil, elle ne se souvenait de rien, même pas de son nom. Elle ne reconnaissait ni son mari, ni ses enfants, posant sur les visiteurs le même regard vide qu'elle réservait aux infirmières et aux médecins. Il a fallu des semaines pour que les premiers souvenirs remontent à la surface. Laborieusement, pièce par pièce, le puzzle de sa vie s'est recomposé jusqu'à ce qu'elle recouvre à peu près toute sa mémoire. De l'accident en revanche, elle n'a gardé aucune trace. Elle se rappelle seulement avoir quitté son atelier de couture pour rentrer chez elle en traversant la place des Martyrs. Après, plus rien, le néant. Hadil est désormais tétraplégique, condamnée à passer ses jours entre un lit et un fauteuil roulant. Le jeune chauffard et son père, eux, n'ont pas été inquiétés ; les relations de la famille ont suffi à neutraliser la procédure judiciaire engagée par le mari de la malheureuse.

Ce n'est pas elle qui a raconté tout cela à Rim, mais son époux Saleh. Hadil ne parle guère. Parfois elle murmure des mots indistincts en fermant les yeux, les sourcils légèrement froncés. S'agit-il de prières ? S'adresse-t-elle aux fantômes qui peuplent sa misère ? Rim l'ignore. Elle est seulement sûre que Hadil ne lui parle pas. Elle n'existe pas pour Hadil. Même Saleh ne semble pas exister dans sa bulle de percluse. Elle se laisse manipuler, changer, promener, avec un détachement total. Au début, son attitude troublait Rim. Elle la croyait hostile, elle essayait de deviner ce qui n'allait pas, si ses gestes étaient trop brusques ou trop mous, si Hadil la détestait parce qu'elle s'interposait entre elle et son mari.

Elle a mis du temps avant de comprendre que la femme de Saleh s'était complètement retirée du monde en attendant la fin.

*

L'école publique est située au bout de la rue. Le bâtiment ne paie pas de mine, comparé aux établissements privés que Rim a vus à Birzal, sans parler de l'internat de Ghina et Taleb à Dreykat, mais c'est une école et elle n'en demande pas plus. Sa fille recevra là l'instruction nécessaire, elle fréquentera des enfants de son âge, elle se fera des amis.

Pourtant, Rim ne se résout pas à pousser la porte de l'école primaire. Elle sait qu'il est impossible d'inscrire Nour sans produire un acte de naissance ou une pièce d'identité, ce qui permettrait à Soraya G. de retrouver leurs traces. Les parents de Maher ont des relations haut placées dans l'administration : ils n'auront aucune difficulté à remonter jusqu'à elles. Les risques sont trop grands. Il vaut mieux temporiser, cacher Nour en attendant une autre solution. Rim se sent coupable. Non seulement elle a entraîné sa fille dans une entreprise hasardeuse, mais en plus elle la laisse sans école. Ce qui lui manque chaque jour depuis la disparition de Maher, la capacité de lire et d'écrire, elle est en train d'en priver sa gamine.

Le car vient de quitter Beyrouth. Deux semaines après son installation dans l'immeuble de Saleh, Rim est en route vers Dreykat en compagnie de Nour. Elle porte une robe à damier noir et blanc dénichée chez un fripier. À ses pieds un sac rempli de cadeaux pour Ghina et Taleb.

La circulation est très faible en ce dimanche matin. Des nuages s'accumulent à l'horizon, le vent agite les banderoles et les drapeaux accrochés aux poteaux électriques. Rim jette des coups d'œil furtifs sur sa fille encore engourdie par le sommeil. La petite regarde le paysage sans rien dire ni poser de questions, contrairement à son habitude. La peur gagne Rim peu à peu : elle ne craint pas tant d'être refoulée par les responsables de l'internat, ni même de tomber sur Soraya et Toufic G. C'est la réaction de Ghina et Taleb qu'elle redoute : leur dernière rencontre lui a laissé une impression glaçante ; ses aînés s'étaient montrés distants à son égard, elle avait vu dans leurs yeux le même mépris que lui portait Soraya, la même condescendance envers la fille de paysans débarquée du fin fond du Sud. Le temps n'a rien arrangé sans doute. Elle imagine le pire et s'y prépare mentalement ; elle rassemble dans son esprit les maigres paroles qui pourraient prévenir l'hostilité de ses petits.

Le parking est encombré de voitures rutilantes, de grosses américaines surtout, des Pontiac, des Cadillac, des Chrysler, des Buick. Toufic et Soraya G. ne sont visibles nulle part ; ils sont peut-être à l'intérieur. L'affluence est telle que Rim pénètre dans le grand patio sans se faire remarquer par les sœurs qui gardent l'entrée, portant Nour pour ne pas l'égarer dans la cohue. Les parents entourés de leurs progénitures emplissent le cloître d'un brouhaha continu. Des gamins se coursent, fendent la foule de leurs cris et de leurs rires. Rim se tient à l'écart, cachée derrière un pilier d'arcade, cherchant dans la mêlée Soraya et son mari. Elle a beau tendre le cou et se hisser sur la pointe des pieds, elle ne repère ni l'un ni l'autre parmi les têtes chenues ou grisonnantes qui pourraient être les leurs : ils ne sont pas là. Ses enfants non plus. Ils sont peut-être allés au restaurant. Après de longues minutes d'observation, elle remarque une religieuse qui se déplace entre les groupes avec un air sévère où affleure un demi-sourire. Dès que la sœur se trouve assez proche, Rim l'aborde en se présentant comme la mère de Ghina et Taleb. Peut-on les faire venir ?

La religieuse la considère avec stupéfaction.

Vous êtes leur mère et vous ne savez pas qu'ils ont été retirés de l'école ? Ghina et Taleb ont été emmenés par leurs grands-parents la semaine dernière !

Le regard de la sœur s'adoucit.

Je suis désolée ma fille, vos enfants sont partis, ils ne sont plus chez nous.

Vous savez où ils sont ?

Non, personne ne nous a rien dit.

Ses lèvres s'effilent, ses yeux se dérobent : Rim est sûre qu'elle lui ment.

Elle n'insiste pas. Le cœur lourd, elle rentre à Beyrouth. Nour n'ouvre pas la bouche de tout le trajet. Rim sent son regard se poser sur elle de temps en temps.

Le lendemain matin, sur le conseil de Saleh, Rim décide de téléphoner à Soraya G. Elle se rend à un central de la banlieue nord pour brouiller les pistes. Elle y donne le numéro de ses beaux-parents, attend qu'on lui attribue une cabine. Son cœur s'emballe quand elle entend crier *Birzal, cabine 2*. La porte se referme derrière elle ; son ombre couvre l'appareil en bakélite : elle place la main sur le combiné, hésite en tremblant. Dès qu'elle décroche, la voix de Soraya tonne à son oreille. Tout remonte en une seconde. Un instant a suffi pour qu'elle soit ramenée des semaines en arrière… D'un geste vif elle raccroche ! Elle reste quelques moments dans la cabine, frissonnante, les yeux clos. Puis elle entrouvre la porte pour demander à l'opératrice de recomposer le numéro en prétendant que la ligne a été coupée.

La voix revient, acide, imperturbable. Rim pense à Ghina et Taleb. Elle doit tenir tête à Soraya, elle doit trouver la force de lui parler. Ses lèvres s'écartent, un souffle libérateur monte de son ventre, les mots claquent clairs et nets.

Où sont mes enfants ?

Le silence lui répond.

Je veux les voir, où sont-ils ?

Soraya explose.

Tu as le toupet de m'appeler chez moi, sale garce ! Qu'est-ce que tu as fait de Nour ? Dans quel pétrin tu l'as fourrée ? Je vais te…

Rim l'interrompt en criant à son tour. Pour la première fois de sa vie, elle élève la voix face à Soraya G.

Nour est ma fille, mêlez-vous de ce qui vous regarde. Dites-moi plutôt où sont Ghina et Taleb, vous n'avez pas…

Ferme-la ! Tu oses me parler sur ce ton ? Tu ne perds rien pour attendre. Je…

Une voix d'homme la coupe. C'est Toufic G. qui a pris le combiné de sa femme.

Rim, écoute-moi : tu dois rentrer à la maison avec Nour ! Ta fille sera en sécurité ici. Si tu reviens, je te promets de ramener Ghina et Taleb et de les inscrire dans une école à Birzal. J'en fais le serment : les trois petits grandiront ensemble et tu pourras t'occuper d'eux. Reviens Rim, c'est ta maison ici, tu vivras heureuse avec tes gamins.

Elle répond qu'elle ne croit pas à ses promesses et qu'elle ne retournera jamais à Birzal, puis elle demande où sont Ghina et Taleb.

Toufic refuse de le lui dire, cherche encore à l'amadouer.

Rim raccroche brutalement.

S'il lui est écrit de retrouver un jour l'école de ses enfants, ce ne sera pas à travers Toufic et Soraya G. Elle quadrillera le pays, elle frappera aux portes de tous les internats, mais elle les retrouvera.

À force de les croiser dans la cage d'escalier et dans le hall, Rim a fini par connaître tous les habitants de l'immeuble. La plupart sont réservés et courtois, se contentant d'un bonjour-pardon, les yeux au sol, un sourire contraint aux lèvres. Certains se montrent plus affables : on la remercie, on s'enquiert de sa santé, on adresse quelques mots gentils à Nour. Mme Badrane est de ceux-là. Veuve, elle réside seule dans un grand appartement du troisième étage. Ses deux fils vivent aux États-Unis où ils ont fait leurs études avant de se marier et de s'installer, l'un en Pennsylvanie, l'autre dans le New Jersey. L'intérêt qu'elle manifeste à Rim semble sincère. Elle l'interroge sur Maher et les différents lieux où ils ont vécu, elle lui fait raconter ses souvenirs d'enfance, ses mois passés à Birzal ; tous les lundis elle lui demande si elle a trouvé l'école de Ghina et Taleb, paraît désolée quand elle apprend que non, toujours rien, nulle part. Malgré ses soixante-treize ans, elle sort plusieurs fois par jour pour se promener dans le quartier ou plus loin. Saleh prétend que les dimanches, elle pousse jusqu'à la corniche distante de cinq à six kilomètres.

Mme Badrane s'occupe souvent de Nour : le matin elle l'emmène en promenade, l'après-midi elle la reçoit dans son appartement où elle lui fait écouter de la musique sur son électrophone. Rim est heureuse de lui confier la petite quand elle est retenue par son travail ; Mme Badrane est instruite, elle parle le français, elle a la distinction des gens de son milieu, comme Soraya G. et ses filles, la bienveillance en plus. Elle aura certainement une bonne influence sur Nour. Rim ne manque jamais une occasion de remercier sa bienfaitrice qui refuse ses marques de gratitude : la compagnie de la gamine la distraie, elle ne lui coûte rien, au contraire.

Un matin, alors que Rim frictionne le dos de Hadil, la femme de Saleh lui murmure ces mots :

Tue-moi petite.

Rim pense avoir mal compris ; Hadil lui demande peut-être de frotter plus fort, à moins qu'elle ne réclame à boire ou l'ouverture de la fenêtre.

Se penchant vers elle, elle perçoit de nouveau les mêmes paroles prononcées d'une voix d'outre-tombe :

Tue-moi petite.

Rim lâche la pommade sans rien répondre, repose Hadil sur l'oreiller pour courir à la recherche de Saleh. Il est en train de balayer le trottoir devant l'immeuble. Elle est bouleversée, le souffle lui manque, elle parvient difficilement à lui révéler les propos de Hadil. Saleh ne semble pas étonné, paraissant plus surpris de la réaction de Rim que des paroles de son épouse.

Ne t'en fais pas, elle répète souvent ça, elle est malheureuse. N'écoute pas ce qu'elle dit.

Rim ne revient pas tout de suite au chevet de la malade. Elle se laisse absorber par diverses tâches en attendant le retour de Saleh.

Quelques jours plus tard, Rim sort Hadil pour sa promenade quotidienne. Tandis qu'elle pousse le fauteuil dans le quartier, Hadil lui demande de la tourner vers une vitrine. Elles se retrouvent face à un magasin de prêt-à-porter féminin ; les pièces sont présentées de façon sommaire, pendues à des cintres fixés sur une planche grossièrement peinte en rose et blanc. Soudain Rim s'aperçoit que leurs reflets sont visibles dans la baie vitrée. Elle distingue clairement les yeux de Hadil qui l'observent.

Les mots de la malade surgissent avec une douceur inhabituelle :

Rim, je t'en supplie, j'ai besoin de ton aide. Tue-moi... Ce sera très facile, n'aie pas peur.

Et, après un court silence :

Tu m'aideras, n'est-ce pas ?

Les paroles de Hadil s'achèvent dans un bruit qui ressemble à un sanglot étranglé.

Rim détourne le regard. Ses mains tremblent.

Alors qu'elles rebroussent chemin, Hadil lui dit d'une voix plus forte, presque dure :

Je t'expliquerai comment faire.

Rim n'en parle pas à Saleh. Elle sait ce qu'il va lui répondre : ignore-la, ne t'inquiète pas, elle est malheureuse, c'est normal.

Prenant sur elle, Rim continue de soigner Hadil sans prêter attention à ses demandes répétées : elle se fait violence pour ne pas fuir quand la femme l'implore de l'étouffer avec l'oreiller ou de l'enfermer dans la cuisine en ouvrant le gaz. Rim espère s'habituer à ses supplications, et elle s'y habitue dans une certaine mesure, mais elle reste sur ses gardes : chaque fois qu'elle doit entrer dans la chambre de Hadil, elle veille à caler la porte pour la maintenir grande ouverte. Elle accomplit sa tâche le plus vite possible, puis elle sort avec soulagement. La nuit, dans sa pièce sur le toit, elle sursaute à chaque bruit venant de l'extérieur. Elle a beau savoir que Hadil est paralysée, elle l'imagine poussant la porte, s'approchant du lit, tendant ses mains décharnées vers elle en lui murmurant *tue-moi… tue-moi…* de sa voix morte. Rim serre Nour endormie, les yeux écarquillés dans le noir, jusqu'à ce que la fatigue et le sommeil aient raison de sa terreur.

Les deux filles de Saleh et Hadil vivent dans la Békaa. Une fois par mois, elles débarquent à Beyrouth pour passer quelques heures au chevet de leur mère. Razan et Noha sont des femmes simples au verbe haut, les silhouettes plantureuses, le rire facile ; au lieu de les flétrir, les difficultés de la vie semblent les avoir blindées contre tout. Elles ne prennent rien au sérieux, traitent leur mère avec une désinvolture qui pourrait choquer Rim n'était l'affection qu'elles témoignent à Hadil par des caresses et des embrassades accompagnées de mille paroles tendres. Elles sont câlines avec Nour, aimables avec Rim. Elles n'hésitent pas à lui donner un coup de main dans le ménage : elles font la poussière, balayent la loge, préparent des plats. Malgré tout, Rim a l'impression que sa présence les dérange, ou du moins les intrigue. Elle le sent à certains regards, certains silences, sans deviner les pensées qui trottent dans leur esprit.

Il lui faudra plusieurs mois avant de comprendre ce qui trouble les deux sœurs grâce à une question de Razan : un jour qu'elle complimente Rim sur un bracelet en or serti de petits cœurs offert par Maher, l'aînée des filles lui demande avec un sourire plein de sous-entendus si c'est *un cadeau de papa.*

Un cadeau de papa ?... Rim pâlit… On la prend pour la maîtresse de Saleh !

Elle en éprouve une honte telle qu'elle quitte la loge pour ne rentrer que trois heures plus tard, une fois que Razan et Noha sont parties. Sa gêne ne disparaîtra pas de sitôt, même si les sœurs ne feront plus la moindre allusion à ses supposées relations avec leur père.

Hadil et Saleh ont un fils. Rim ne l'a jamais vu. Ni ses parents ni ses sœurs ne parlent de lui. Elle sait seulement qu'il s'appelle Ziad, qu'il est soldat et qu'elle occupe la chambre où il a vécu.

*

Chaque dimanche, Rim part sur les routes du pays avec sa petite Nour. Elle quitte Beyrouth tôt le matin, prenant selon les jours la direction du nord ou du sud, de la montagne ou de la Békaa. Elle s'arrête dans les bourgs et les villes, interroge les habitants, les commerçants, tous ceux qui peuvent la renseigner sur les écoles de la région. Les gens pensent qu'elle cherche un établissement pour Nour ; certains la scrutent avec une curiosité plus ou moins hostile : ils lui demandent où se trouve le père, imaginent sans doute des histoires de fille-mère ou de femme abandonnée par son mari pour des raisons obscures. Quelques-uns n'hésitent pas à lui faire des reproches : *haram,* une enfant de cet âge en internat, elle a besoin de tes soins et de ton affection. Rim acquiesce, baisse la tête, s'éclipse. Elle est femme, elle est jeune : sa vie appartient à tout le monde.

Nour ne se plaint jamais de la fatigue ni des longues attentes aux arrêts de bus. Au contraire, elle aime les expéditions dominicales qui constituent ses seules sorties avec sa mère. Elle les guette avec impatience ; chaque matin au réveil elle demande si c'est aujourd'hui dimanche, ou demain, ou après-demain. Lorsqu'il fait mauvais temps et qu'elles sont empêchées de sortir, sa déception est vive. Elle veut y aller quand même, elle fourre le parapluie dans la main de sa mère en lui faisant les gros yeux. De quoi tu as peur, Maman ? On a un parapluie, on a des manteaux, et puis la pluie, c'est pas tout le temps : ça tombe, ça s'arrête, ça tombe, ça s'arrête !

Son enthousiasme ne tient pas à son envie de revoir Ghina et Taleb ; Rim lui a beaucoup parlé de sa sœur et de son frère, elle lui a raconté un tas d'anecdotes à leur sujet, mais la petite n'a gardé aucun souvenir de ses aînés et ne s'intéresse guère à eux. Ce qu'elle aime, c'est monter dans un car et contempler le monde qui se déploie sous ses yeux, le nez collé à la fenêtre, des questions et des commentaires plein la bouche, en plus des piqueniques improvisés dans des endroits aussi différents qu'une oliveraie, un parvis d'église, une place de village, le bord d'un chemin.

Rim reporte de semaine en semaine le projet de rendre visite à sa famille. Ses parents lui manquent autant que ses frères et sœurs, surtout Réda. Elle imagine son retour, elle sent les étreintes, les touchers, les baisers, elle entend la voix plaintive de sa mère, revoit chaque pièce de la maison, les branches du figuier à travers la fenêtre du séjour ; elle hume l'odeur du poêle dans la cuisine, les senteurs de basilic et de marjolaine dans le potager qui borde le perron. Le désir est là, pressant, une pente de douceur à laquelle elle voudrait s'abandonner tout de suite.

Mais elle n'ose pas reprendre le chemin de Kfarzeit. Elle a peur d'être confrontée à un passé dont tout la sépare désormais. Elle redoute la réaction de ses parents à sa fugue de Birzal. Ils vont certainement l'accabler de reproches. Ils ont toujours eu pour Soraya et son mari une déférence de classe faite de respect, d'admiration et de crainte. Rim ne veut plus voir cette attitude servile de son père et de sa mère, cette humiliation qu'ils acceptent sans rechigner parce qu'ils sont des *fellahins* et les G. des *zawéts*. Sa conscience politique est loin d'être éveillée encore, elle n'est pas animée par une révolte raisonnée contre un état de fait social, mais depuis quelque temps une répulsion nouvelle la soulève, une aversion confuse pour une réalité qu'elle peine à tolérer, dont l'évidence ne s'impose plus à elle comme une chose naturelle.

Un dimanche matin, elle décide de braver sa peur en reprenant la route de la maison familiale. Elle met sa plus belle robe, choisit un sac à main et des souliers assortis qu'elle a chinés dans les boutiques d'occasion. Elle se fait illusion dans le miroir, se trouvant une ressemblance avantageuse avec Safia, l'aînée de Soraya G.

Nour ne sait pas où elles se rendent quand elle embarque avec sa mère dans un car à destination du Sud ; Rim attend la première correspondance pour lui parler de Kfarzeit, de ses grands-parents, de ses oncles et tantes. La petite l'écoute silencieusement, avant de demander pourquoi le monsieur qu'on voit là-bas, devant un magasin de chaussures, a un cou aussi énorme. C'est un homme affublé d'un collier cervical : Rim lui explique la fonction de la minerve, ce qui provoque d'autres questions et d'autres sujets. Une heure plus tard, alors qu'elles s'approchent du village, elle lui reparle de ses grands-parents, sans susciter plus d'intérêt de sa part.

Le car les dépose à l'entrée de Kfarzeit. Rim prend un chemin de traverse, longe des terrasses d'oliviers et des champs de tabac jusqu'à la ferme des Tayyoun, bifurque vers la gauche en pressant le pas pour éviter les voisins. Deux moutons attachés à un piquet broutent dans une mangeoire au pied d'un chêne. Un peu plus loin, un âne attend patiemment qu'on le décharge de ses immenses sacs de jute, les pattes trempées dans un ruisseau d'eaux usées. Des poules errent çà et là, dodues, frileuses, lorgnant Rim d'un œil farouche. Ces lieux ont été témoins de ses années d'enfance où tout était imprégné de magie et de promesses ; ils la revoient veuve à présent, séparée de ses petits, le cœur sans joie, la peur au ventre.

Le portail de la maison est entrouvert. Rim reconnaît avec émotion la peinture écaillée, la poignée en forme de lotus, les rectangles de fin grillage sur les parties supérieures des battants. Elle entre dans la cour, la main de Nour serrée dans la sienne. Deux adolescents sont occupés à réparer une herse du côté de l'étable. Ils se tournent vers elle sans la reconnaître. Ce sont ses frères Hamid et Fouad, qui avaient sept et huit ans au moment de son mariage, devenus presque des hommes à présent, les silhouettes longilignes, les épaules larges.

Sa mère sort de la maison. Ses bras sont chargés d'une bassine de linge. Elle s'immobilise en les voyant, les yeux bridés par la myopie, puis, d'un seul mouvement, elle pose sa charge et se précipite vers Rim qu'elle étreint fort avant de soulever Nour pour la couvrir de baisers. Elles restent un long moment sans rien dire, retenant leurs larmes, sous le regard des frères et sœurs qui les rejoignent l'un après l'autre. Nisrine et Maya dépassent leur mère d'une tête, le petit dernier, Ali, que Rim a quitté presque bébé, est un grand garçon. Ni Lara ni Réda ne sont visibles en revanche : la première est mariée et vit à Sour, tandis que le deuxième a été placé comme apprenti chez un mécanicien de Saïda.

Quelques minutes plus tard, le père surgit de la maison. Le silence se fait autour de Rim, tout le monde s'écarte, y compris la mère.

Abou Réda dévisage sa fille d'un air sombre. Rim fait un pas vers lui avec Nour. Le cri de l'homme la fige.

Comment oses-tu remettre les pieds ici ?

La mère jette un coup d'œil sur la propriété des voisins.

Abou Réda, je t'en supplie, c'est notre fille.

C'est ta fille, peut-être, pas la mienne !

Se tournant vers Rim, sans baisser de ton, il l'accuse de l'avoir déshonoré. Ses beaux-parents sont des gens respectables ; ils l'ont accueillie dans leur famille, ils ont été généreux avec elle, ils l'ont hébergée après la mort de son mari, et elle, pour les remercier, elle s'est conduite comme une traînée avec eux !

Nour est effrayée par les hurlements d'Abou Réda ; elle se serre contre sa mère, la joue plaquée sur sa cuisse.

Rim réussit à expectorer deux ou trois phrases pour expliquer les raisons de sa fugue : on l'a privée de Ghina et Taleb, on s'apprêtait à lui enlever Nour, elle ne l'a pas supporté.

Tu as volé les bijoux de Sitt Soraya ! s'étrangle le père, le visage violacé.

Rim le considère avec atterrement : la peine qu'il a lui lacère le cœur, l'injustice de la calomnie la révolte.

C'est faux, je vous jure que c'est faux, Soraya a menti.

Tais-toi, n'en rajoute pas, disparais de ma vue !

Là-dessus il rentre dans la maison en claquant la porte. Rim soulève Nour et se dirige vers la sortie sans regarder personne. Sa mère la suit en essayant de la retenir par la manche.

Promets-moi de revenir. Ton père est en colère, il finira par se calmer.

Rim fait volte-face :

Tu me crois, toi, n'est-ce pas ? Tu sais que je n'ai rien volé !?

La mère tarde à répondre : quelques secondes seulement, quelques secondes de trop. Rim ne demande pas son reste ; d'un geste furieux, elle ouvre le portail et se jette à l'extérieur en fonçant jusqu'à la grande place de Kfarzeit où elle prend un taxi-service pour le littoral.

Ce qu'elle ignore alors et qu'elle apprendra bien plus tard par Réda, c'est qu'après la mort de Maher, Soraya et Toufic G. ont expédié de l'argent chaque mois à Kfarzeit, prenant le relais du défunt qui envoyait régulièrement des billets à son beau-père. Quand Rim a fui Birzal avec Nour, Soraya est venue à Kfarzeit en pensant que la fugitive se cachait chez les siens. Elle a parlé durement à Abou Réda en le traitant d'homme ingrat et malhonnête, avant de lui annoncer qu'il ne recevrait plus aucune piastre.

Les semaines succèdent aux semaines, les mois aux mois, et Rim n'a toujours pas retrouvé Ghina et Taleb. Son unique consolation est Nour : l'enfant grandit, gagne en assurance, en discernement. Elle se familiarise avec l'alphabet arabe et français grâce à Mme Badrane. Chaque fois qu'elle voit sa fille penchée sur le manuel de lecture, balayant les lettres de son doigt, ânonnant des syllabes et des mots, Rim éprouve une joie mêlée de fierté ; elle repense à Ghina qui avait la même voix, la même posture, les mêmes hésitations à son âge. Les dimanches, quand elles partent sur les routes du pays, Rim est heureuse de passer du temps avec Nour, de l'avoir pour elle toute seule. Elles discutent, jouent, prennent du plaisir à piqueniquer en chemin. Faute de lui ramener ses aînés, ces sorties du dimanche la rapprochent encore plus de sa cadette.

Hadil a cessé de la harceler. Elle ne lui demande plus de mettre fin à ses jours, ce qui soulage Rim sans dissiper son inquiétude : la femme de Saleh s'est entièrement refermée sur elle-même, ne se plaignant jamais de rien, n'adressant la parole à personne, se laissant nourrir avec une totale indifférence. Quand Rim entre dans sa chambre, elle ne craint plus ses suppliques macabres ; elle redoute de la retrouver sans vie.

Saleh semble insensible au sort de son épouse, un détachement que Rim met sur le compte de la fatigue : chaque jour le gardien doit monter le courrier, descendre les poubelles, arroser les plates-bandes, nettoyer l'ascenseur, balayer les paliers, les escaliers, le hall, les dépendances. Rim l'assiste de son mieux, elle prend sa relève à midi pour lui permettre de se reposer dans la loge, mais l'aide qu'elle lui apporte est insuffisante : Saleh est tout le temps épuisé, se déplaçant avec difficulté ; il passe ses dimanches au lit, allongé aux côtés de sa femme dont il s'occupe à peine.

Souvent, quand Nour dort, Rim sort sur le toit pour faire quelques pas dans la nuit. Elle observe les immeubles, distingue les intérieurs allumés séparés de zones d'ombres plus ou moins épaisses avec, en contrebas, des rues mal éclairées où s'alignent des arbres et des véhicules. Au loin, de tous bords, la mer, vaste et noire, dont elle sent l'odeur portée par la brise. Elle pense à sa famille, à Maher, à ses enfants captifs quelque part sous ce ciel immense. Ghina et Taleb vivent là, dans l'une de ces collines aux courbes scintillantes dressées autour de Beyrouth, ou dans ces montagnes plus sombres qui les surplombent en arrière-plan, ou peut-être sur cette côte qui serpente à perte de vue en direction du nord et du sud. Ses aînés pourraient être partout où il y a des pensionnats ; or il existe un grand nombre de pensionnats à cette époque d'avant-guerre où les parents n'hésitent pas à placer leurs rejetons en internat pendant plusieurs années.

Seule au milieu de la nuit, Rim lève le nez vers les étoiles et songe à Dieu, dernier survivant de ses anciennes croyances depuis que Maher l'a détournée de la prière. Il lui arrive de mettre en doute l'existence d'Allah, une pensée troublante qui ouvre un abîme sous ses pieds : elle mesure l'absurdité de l'univers privé de sens, frémit face à l'infini de l'espace, aux mystères des commencements, au néant d'après la mort ; mais revient bientôt pour la rassurer la certitude d'une présence céleste, ou en tout cas d'une entité métaphysique indéfinie et néanmoins réelle.

C'est un soir pluvieux de novembre, le poêle ronronne dans un coin de la pièce, la lampe du plafond tangue sous l'effet du courant d'air qui s'infiltre à travers les interstices de la porte. Soudain Nour se met à imiter Mme Badrane, exigeant de Rim qu'elle écrive son nom et son prénom. Rim prend un crayon et fait mine d'écrire quelque chose sur un bout de papier. La petite feint l'exaspération, les sourcils froncés.

C'est quoi ça ? Je ne vois rien !

Je ne sais pas écrire Madame, balbutie Rim.

Un court silence suit. Nour fixe sa mère d'un air songeur, avant de dire sur un ton mi-affectueux mi-professoral :

Je vais t'apprendre.

Rim opine sans se rendre compte que sa fille ne plaisante pas. Nour se penche sur la feuille et trace un A en lui demandant de reproduire la lettre. Rim s'exécute maladroitement, essaie encore sous le contrôle de la petite.

Dès lors un rituel s'installe entre la mère et la fille : chaque soir, avant de se coucher, quand d'autres gamins se font lire ou conter des histoires, Nour explique à Rim ce qu'elle a appris chez Mme Badrane. Elle lui enseigne les lettres arabes et françaises, la manière de prononcer le « e » et le « u », les noms des couleurs en français, la différence entre la *fatha*, la *dammé,* la *kasra* et le *skoun.* Ces moments aussi sérieux que ludiques donnent une nouvelle dimension à leurs rapports : Rim a l'impression de redécouvrir sa fille chaque soir, d'entrevoir l'adulte qu'elle sera un jour.

*

Rim a passé la journée dans la Békaa-Ouest, sillonnant la région dans tous les sens à la recherche de ses enfants. Elle vient de débarquer avec Nour à la gare routière de Beyrouth quand elle entend une voix l'appeler. Elle connaît cette voix au timbre aigre-doux : c'est Safia, la fille de Soraya G., qui l'interpelle d'une voiture en marche. Le véhicule se gare, la jeune femme en surgit, le teint hâlé, vêtue d'un pantalon blanc et d'un chemisier bleu clair.

Comment vas-tu ? Ça fait longtemps !

Rim répond avec calme : elle va bien, elle a trouvé un logement et du travail, Nour ne manque de rien.

Safia hoche la tête, le regard curieux.

Tu habites où ?

...

Tu ne veux pas me le dire ?

Les deux femmes se dévisagent quelques instants avant que Safia ne prenne la main de sa belle-sœur.

Écoute-moi Rim, tu devrais rentrer à Birzal. Beyrouth n'est pas un endroit pour toi : les gens sont mauvais ici, la vie est dure. Pense à Nour. Tu vas la faire souffrir. Tu n'as pas d'argent, pas d'instruction, pas de…

Rim retire sa main.

Je ne rentrerai pas à Birzal. Tu peux le dire à ta mère.

Safia accuse le choc.

Je t'ai vue descendre d'un car. Tu étais où ?

Dans la Békaa. Je cherchais mes enfants : tes parents refusent de me dire où ils sont.

Tu te fatigues pour rien ! Tu ne les retrouveras jamais, tes enfants ! On les a envoyés en Afrique l'année dernière, juste après ta fuite, et c'est très bien comme ça.

Ghina et Taleb en Afrique !... Les véhicules, les voyageurs, les bâtiments, tout se met à vaciller autour de Rim… On les a expédiés là-bas, au pays de la mort, sur le continent qui avale les hommes, là où Maher a disparu… Depuis un an elle les cherche partout et ils sont à l'autre bout du monde… Un an… Tournant le dos à Safia, elle traverse la foule, étourdie, sourde aux appels de sa belle-sœur… On les a envoyés à des milliers de kilomètres, on a creusé un abîme entre eux… Rim marche vite en serrant la petite contre elle, la pressant de toutes ses forces sur sa poitrine…

Une dizaine de jours plus tard, vers midi, alors qu'elle est en train de nettoyer la rampe de l'escalier, elle entend des cris stridents. Le sang se fige dans ses veines : quelque chose est arrivé à sa fille. Elle dévale les marches vers la source des cris, là, dans le hall, où se tient hagarde Mme Badrane. La femme répète en boucle des bribes de phrases, ne s'arrêtant que pour reprendre son souffle et s'essuyer les yeux. Rim finit par comprendre ce qui s'est passé : Mme Badrane se promenait avec Nour sur l'avenue des Sycomores quand une voiture a freiné brusquement à leur niveau. Deux hommes en ont débarqué ; elle a juste eu le temps de soulever la petite avant que les individus ne se jettent sur elle. Ils voulaient lui arracher la gamine. Elle a lutté, elle a tout fait pour les en empêcher ; ils étaient trop forts : ils ont emporté Nour et ils sont partis.

Rim la considère un long moment, les lèvres scellées. La scène se projette sans cesse sous ses yeux.

S'extirpant de sa stupeur, elle s'approche de Mme Badrane qu'elle prend dans ses bras. L'étreinte est violente, agressive.

Ne vous en faites pas, vous n'y êtes pour rien.

Sa voix n'est pas la sienne. Elle a le visage fermé, le regard absent.

La haine. Au-delà de tout. Plus rien à perdre. La rage qui pulvérise d'un coup des années de peur, des siècles de soumission. Rim monte à sa chambre où elle se change en un tournemain. Sur la table traînent les livres de Nour, son cahier ouvert, ses crayons de couleur, sa gomme. Elle jette quelques affaires dans un sac, sort sans fermer la porte. Mme Badrane et Saleh se trouvent encore dans le hall.

Il faut déposer une plainte ! dit la dame.

Rim ne réagit pas. Elle traverse le hall sans les regarder, poursuivie par le gardien qui essaye de la retenir.

Il faut aller à la police ! Il faut porter plainte !

Rim se retourne, le dévisage avec colère.

C'est toi qui dis ça ?

Elle le repousse et s'enfonce dans la ville en direction de la gare routière. La force qui la porte n'a d'égale que la fureur dans ses veines.

Le car pour Birzal démarre dans dix minutes. Rim s'installe sans se soucier des voyageurs qui la scrutent. La dernière fois qu'elle a pris cette ligne, c'était près d'un an plus tôt, le jour de sa fuite avec Nour. Il s'agit peut-être du même car, de la même moleskine déchirée crachant la même touffe de crin.

Le véhicule se met en marche. Elle ferme les yeux en raidissant les membres pour essayer de calmer son souffle. Tout le trajet elle le fera les paupières closes, la gorge serrée, les mains agrippées aux accoudoirs telles des araignées sur le qui-vive.

Quand le car s'arrête à Birzal, Rim débarque en bousculant les passagers, fonce vers la résidence des G. Elle ne voit rien, ne remarque personne, traverse les rues sans prêter attention aux voitures qui l'évitent de justesse à grands coups de klaxon.

La maison se dresse devant elle, haute et lugubre derrière sa rangée de cyprès. Rim pousse la grille, gravit le perron, frappe violemment à la porte. Aucune réponse, aucun bruit derrière le double battant. Elle descend les marches, fait le tour de l'habitation. La fenêtre de la buanderie est ouverte. En grimpant sur un tonneau, elle réussit à se hisser jusqu'à l'embrasure puis à se glisser dans la pièce.

Elle demeure immobile un moment, les sens aux aguets. L'odeur de la maison lui parvient, un remugle épais qui couvre peu à peu les vapeurs chimiques de la lessive. Aucun son entre les murs ; les seuls bruits qu'elle entend sont extérieurs : un vendeur ambulant (*kaak-kaaééék, kaak-kaaééék*), le vrombissement d'un véhicule, les tambourinements de la fabrique d'acier qui font écho à sa rage. Le corps tendu, elle se dirige vers la cuisine. Elle sait exactement ce qu'elle veut ; elle l'imagine, elle le voit : il s'est souvent logé au creux de sa main ; il a nourri ses fantasmes, cristallisé sa haine, surgi dans ses rêves endormis et éveillés.

D'un geste ferme, elle ouvre le grand tiroir sous le plan : il est là, dominant ses pareils par sa taille et son éclat, un couteau au manche de bois qu'elle utilisait naguère pour découper la viande. Elle s'en empare, considère quelques instants son reflet dans la lame, puis elle sort de la cuisine et se met à errer de pièce en pièce. La chambre de la bonne est vide : pas de vêtements dans l'armoire, aucun objet personnel. Les G. font sans doute appel à une aide journalière. Sa propre chambre a été débarrassée de toutes ses affaires, y compris du tableau qu'elle avait rapporté de Sarjine représentant une maison à tuiles rouges entourée de pins. Une forte odeur de désinfectant hante les lieux, comme s'ils avaient été récurés à l'eau de Javel.

Rim ressort, monte à l'étage, pénètre dans la chambre du vieux couple : le petit lit à barreaux est là, muni d'un drap et d'un édredon imprimé d'oiseaux colorés. Les autres pièces – celle de Safia et Léna, celle de Maher, la chambre d'amis, la salle de bains – sont désertes. Impossible de s'asseoir. Impossible de s'arrêter. Elle redescend au rez-de-chaussée, tourne en rond, les mâchoires saillantes, le regard brumeux, évoluant dans un état second, entièrement tendue vers l'instant où elle affrontera Soraya G. Des scènes défilent en boucle dans sa tête, entremêlées de souvenirs douloureux, de projections brutales où elle voit une lame brandie, du sang, des yeux comme des trous. Elle n'éprouve aucune peur. Elle craint seulement de se vider.

Combien de temps s'écoule avant qu'elle n'entende le grincement de la grille ? Cinq minutes, trente minutes, une heure ? Rim se précipite à la fenêtre de la cuisine. Elle voit Soraya entrer dans la cour, coiffée d'un chapeau et d'une voilette, tandis que son mari, à moitié caché par le tronc d'un arbre, verrouille les portières de la voiture. Ils sont seuls, sans Nour, sans chauffeur, sans bonne. Toufic G. rejoint sa femme qui l'attend au pied du perron.

Rim se dérobe dans l'entrebâillement de la réserve. Elle entend la porte qui s'ouvre, les pas mêlés du couple, la voix de Soraya dans le vestibule. Une sueur froide la recouvre, son cœur cogne à grands coups. Toufic G. monte à l'étage ; elle perçoit son pas lent, elle imagine sa silhouette courbée, sa main osseuse cramponnée à la canne. Soraya est dans le salon. Rim suit ses déplacements au cloc-cloc des talons qui font criailler le carrelage entre les tapis. Le martèlement va, vient, s'éloigne en direction de la salle à manger, retourne au salon, résonne dans l'entrée, se dirige vers la cuisine. Soraya est là, toute proche. Rim retient sa respiration. À travers l'interstice de la porte, elle voit sa belle-mère, tête nue, passer devant la réserve. La femme lui tourne le dos : elle saisit une bouteille, se sert un verre d'eau. Rim en profite pour sortir de sa cachette et se faufiler dans le vestibule. Les clés sont pendues à la serrure. Elle ferme à double tour, glisse le trousseau dans sa poche, revient à la cuisine dont elle rabat doucement la porte. Le parfum de Soraya plane partout, la même odeur que Rim a sentie tout à l'heure dans la chambre du couple, qui l'envoûtait jadis comme un effluve élégant et mystérieux.

Soraya se sert un nouveau verre, qu'elle boit à petites gorgées. Ayant fini, elle se retourne, sursaute en voyant Rim dressée devant elle, inerte, exsangue, le regard éteint.

Qu'est-ce que c'est… ?

Rim continue de la scruter en silence.

Comment tu es entrée ? Qu'est-ce que... ?

Où est ma fille ?

La voix est acérée, le corps immobile.

De quoi tu parles ?

Tu le sais très bien. Où est ma fille ?

Sors de chez moi. Tu n'as rien à faire ici.

Rim brandit le couteau qu'elle tenait caché dans son dos. Soraya fait un pas en arrière, trébuche, s'appuie sur le plan. Elle veut appeler son mari ; le souffle lui manque, un mince râle échappe à ses lèvres.

Où est ma fille ?

Je n'en sais... c'est toi qui...

Rim s'approche, attrape les cheveux de la femme qu'elle tire d'un coup en arrière. Elle place le couteau sur la gorge offerte. Un abîme l'aspire. Des images se bousculent sous ses yeux. Il suffirait d'un rien. L'acte est dans le geste. Une pulsion. Un relâchement.

Soraya tente de se dégager ; Rim la maintient sous sa coupe.

Où est ma fille ?

Quelques mots franchissent les lèvres contorsionnées de la vieille dame : aéroport... avion... Afrique...

Rim ferme les yeux, demeure pétrifiée un long moment. D'un geste sec elle enfonce la lame et repousse Soraya qui s'écroule en se cognant la tête contre le mur. Elle lui donne un coup de pied dans les côtes, un autre dans le bassin, puis elle sort de la cuisine pour gagner l'étage.

Le père de Maher est en caleçon et maillot de corps, une serviette enroulée autour du cou.

Il reste bouche bée en la reconnaissant.

Où est Nour ?

Je ne sais pas ? Je...

Rim lève le couteau ensanglanté. Toufic cherche à se défendre, elle pointe la lame sur son thorax.

Où est Nour ?

Elle est partie… Afrique… son intérêt…

Rim change le couteau de main, attrape la canne posée contre le mur et, de toutes ses forces, elle s'abat sur le vieil homme qui s'effondre en hurlant. Elle le frappe une dizaine de fois, puis elle redescend au salon-salle à manger. Avec une furie froide et méthodique, elle taillade les fauteuils à coups de lame, renverse les guéridons et les tables basses, pulvérise la vitrine dont le contenu se déverse par terre : bibelots de cristal, figurines de porcelaine, statuettes d'ivoire, tout se fracasse sur le carrelage, bientôt rejoint par la vaisselle du dressoir que Rim projette au sol, n'épargnant ni tasses ni saladiers ni saucières. En quelques minutes, les lieux ne sont plus qu'un immense capharnaüm. Une tornade engouffrée dans la maison ne l'aurait pas dévastée avec une telle violence.

Rim ramasse un briquet et met le feu à tout ce qu'elle trouve : un rideau, une nappe, un journal, une boîte de mouchoirs. Les flammes prennent à plusieurs endroits, gonflent, s'étendent rapidement.

Elle se retourne, s'aperçoit que Toufic G. est à la porte, essayant en vain de l'ouvrir.

Elle avance vers lui, le couteau à la main.

On va les ramener tous les trois, murmure-t-il. Ne fais pas de bêtise, pense aux petits.

Il promet, il bredouille, il hoquète. Sa face est défigurée par l'épouvante. Il secoue la porte à en arracher la poignée.

La fumée sature les lieux. Toufic tousse, râle.

Rim s'approche, hésite. Après un moment elle introduit la clé dans la serrure et ouvre la porte. Toufic sort sur le perron, se traîne jusqu'aux marches où il s'affale d'un bloc. Rim l'enjambe, jette le couteau dans une plate-bande et franchit la grille, laissant derrière elle une maison en flammes.

III

Soraya G. guette l'arrivée de Tamim et Zahi. Sans arrêt elle se retourne pour scruter les véhicules qui roulent en direction de Khaldé : elle a repéré une dizaine de Mercedes blanches, mais ce n'était jamais la bonne. Ils sont en retard. Il a dû se passer quelque chose. Elle imagine le pire : on les a arrêtés, Nour leur a échappé, ils ont fait un accident. Les scènes flashent dans sa tête, se superposent sur le flot ininterrompu des véhicules. Soraya se ressaisit : non, tout ira bien, l'opération a été soigneusement préparée, il n'y a pas de raison que ça ne marche pas. Chaque matin Nour sort en promenade avec une voisine, elles effectuent le même itinéraire, passant par les mêmes lieux au même moment ; l'endroit le plus discret est une portion de trottoir sur l'avenue des Sycomores. C'est là que l'enlèvement aura lieu, ou a eu lieu, elle n'en sait rien, elle attend, elle imagine Tamim et Zahi qui emportent la petite et la lui amènent. Pourvu qu'ils réussissent. Non : ils ont réussi, ils vont arriver d'un instant à l'autre.

Tout est prêt, le passeport de Nour, l'autorisation falsifiée de sa mère, le billet d'avion, la valise. Une hôtesse prendra en charge l'enfant à l'aéroport, elle la gardera pendant l'escale à Paris, puis elle l'installera dans l'avion à destination d'Abidjan ; le neveu de Toufic accueillera la gamine en Côte d'Ivoire. Aucun détail n'a été négligé. Dès que Nour sera là, on foncera à l'aéroport qui est à cinq minutes d'ici. On trouvera l'hôtesse, on lui confiera la petite et Dieu fera le reste.

Les voitures défilent. Chaque fois qu'elle repère un véhicule blanc, Soraya sursaute avant de laisser échapper un souffle étranglé.

Tamim et Zahi sont des hommes de confiance. Ils sont au service de Toufic depuis plus de vingt ans, ils ne peuvent pas trahir, ils feront de leur mieux, ils réussiront coûte que coûte.

Toufic est assis à ses côtés, silencieux, les mâchoires crispées. Il ne lui a pas adressé la parole depuis le matin. Qu'il boude autant qu'il veut, elle n'a que faire de son approbation ! Il a toujours été ainsi, timoré, lâche, naïf jusqu'aux limites de la sottise : il pense que Rim serait rentrée d'elle-même à Birzal, qu'on aurait dû lui donner le temps de la réflexion et du recul. Tu parles ! Abrutie comme elle est, jamais elle ne serait rentrée ! Elle est incapable de savoir où réside l'intérêt de Nour. On ne peut pas lui laisser l'enfant. Chaque jour qui passe compromet un peu plus l'équilibre et le bien-être de la petite. Il faut la retirer à sa mère, comme on l'a fait avec Ghina et Taleb. On n'a pas le choix.

Oui, c'est ça, fais la tête dans ton coin, évite de me regarder, ça ne changera rien du tout. Ce que j'ai décidé sera accompli, parce que c'est bon, parce que c'est juste : demain Nour sera en Côte d'Ivoire, auprès de Ghina et Taleb, et j'aurai enfin la conscience tranquille.

Depuis tout à l'heure, Soraya tente de repousser une pensée qui revient sans cesse à la charge : elle connaît bien cet endroit où ils attendent l'arrivée de Nour. Là, de l'autre côté de l'avenue, se situe le quartier de

Bahrieh. Nul ne le sait, ni ses enfants, ni ses amies, encore moins Toufic, mais c'est ici, dans les venelles de cette banlieue populeuse, qu'elle a grandi avec ses quatre frères et sœurs. Soraya était l'aînée de la fratrie ; elle avait vu le jour à Rawine-el-Ras, village agricole du Hermel ; son père était venu à Beyrouth pour nourrir les siens, traînant derrière lui, en plus de sa femme et de ses enfants, ses parents et une vieille tante infirme. La famille s'entassait dans un petit appartement du rez-de-chaussée. Très tôt Soraya a pris conscience de la misère ambiante. Elle comparait sa situation à l'aisance des gens fortunés qui vivaient dans le quartier de Madloun tout proche. Chaque fois qu'elle le pouvait, avec l'une ou l'autre de ses camarades, elle effectuait des incursions là-bas, chez les riches : elle se cachait derrière les voitures pour observer les *zawéts* qui lui paraissaient irréels avec leurs vêtements joliment coupés, leurs allures élégantes, leurs belles coiffures, leurs montres, leurs bijoux, leur façon si particulière de parler, de marcher. C'était une race supérieure bénie des dieux, pétrie de grâce et de distinction, alors qu'elle se croyait maudite avec ses frusques délavées, ses souliers élimés, son incapacité à s'exprimer autrement qu'en arabe (eux parlaient le français ou l'anglais). Elle avait honte de sa mère aux robes informes, de son père taiseux et fruste, vêtu invariablement comme un portefaix des souks. Elle regardait les nantis et elle avait mal, mal à en détester les siens, à en haïr son milieu, à rêver de devenir *eux*, rien qu'*eux*. Le spectacle le plus enivrant et le plus pénible à la fois était celui des petites filles de son âge dont les toilettes soignées et les manières coquettes la faisaient fantasmer pendant des jours. Elle rentrait chez elle, des images plein la tête, le cœur transpercé de mille échardes. Elle imitait leurs gestes, leur démarche. Elle s'attribuait leurs prénoms français ou américains, s'imaginait dans leurs maisons, leurs voitures, leurs salles de classe. Pourquoi eux et pas elle ? Pourquoi son logis était-il si miteux, alors que les riches habitaient dans des appartements vastes et splendides dont elle entrevoyait depuis la rue les lustres grandioses, les moulures au plafond, les balcons immenses aménagés en jardins suspendus ? Et son quartier sans trottoir, aux voies exiguës, aux bâtisses sinistres, avec des saletés partout, des inondations à chaque pluie faute d'égouts bien entretenus, pourquoi était-il si laid, alors que là-bas, tout près, à Madloun, et dans les beaux quartiers de Beyrouth, les buildings cossus s'alignaient proprement le long de rues et d'avenues agréables ?

À mesure qu'elle grandissait et qu'elle constatait la profondeur du fossé entre elle et Madloun, une seule volonté obsédait Soraya : quitter à jamais Bahrieh, changer de camp, passer du bon côté de la ville. Son application à l'école n'avait pas d'autre motivation : elle devait s'en sortir, abattre les barrières dressées devant elle, briser le plafond de verre au-dessus de sa tête. C'est ainsi qu'elle a réussi haut la main les examens scolaires et officiels, franchissant sans encombre le cap du certificat puis du brevet avant d'obtenir le bac avec une mention très bien, ce qui lui a valu une bourse de l'Université Saint-Joseph où elle a commencé des études de droit. C'était sa première immersion dans les milieux bourgeois de Beyrouth. Il lui a fallu des mois pour effacer les dernières traces de son accent, un peu plus pour se débarrasser des habitudes qui continuaient de trahir ses origines modestes malgré tous ses efforts : elle traînait des manies de langage et de comportement dont elle prenait conscience à la faveur des réactions plus ou moins explicites de son entourage, parfois un commentaire gentiment moqueur, ou un simple battement de cils, ou encore un bref silence. Soraya s'employait à passer inaperçue, à se noyer dans la masse, quitte à renier totalement son passé : elle n'accompagnait plus ses parents à Rawine-el-Ras, même pour les occasions importantes (elle n'a assisté ni à l'enterrement de son grand-père ni aux noces de sa cousine Wassila). Elle évitait ses anciennes amies avec une brutalité cynique dont elle se surprenait à tirer plaisir, le même plaisir qu'elle éprouvait à snober ses semblables à l'université et ailleurs.

Au fil du temps, elle a compris que la réussite personnelle ne suffirait pas, qu'il lui fallait bien plus si elle voulait se faire une place au soleil ; elle devait trouver un moyen plus efficace, plus rapide, pour s'introduire dans le cercle fermé de la bourgeoisie beyrouthine : l'idée du mariage s'est naturellement imposée à elle. Non pas un mariage d'amour avec l'élu de son cœur (elle laissait ces billevesées aux filles romantiques qui n'avaient pas connu la misère et la honte), mais un mariage d'intérêt avec un bon parti qui lui apporterait tout de suite ce qui lui faisait défaut : le nom et la fortune. Après avoir envisagé plusieurs candidats potentiels, elle a jeté son dévolu sur un camarade de classe nommé Wael F., un garçon benêt et falot à souhait mais qui, en plus d'être riche, appartenait à une famille réputée de Beyrouth. Faute de pouvoir la combler affectivement, il lui servirait de tremplin vers la vie rêvée. Encore fallait-il le séduire, ce qui n'était pas acquis d'avance, car l'ingénu s'était entiché d'une étudiante de deuxième année qui ne manquait ni d'attrait ni d'intelligence. Patiemment, adroitement,

Soraya a manœuvré, intrigué, usé de ses charmes pour le détourner de la jeune fille (qui ne tenait guère à lui du reste). À la remise des diplômes, l'affaire était pliée : Wael et Soraya formaient un couple officiel. La gamine de Bahrieh avait trouvé son accélérateur d'ascension sociale.

Le plus dur restait à faire : conquérir la belle-famille ! Pour sa première visite chez les F., Soraya a soigné sa tenue à grands frais ; elle n'a pas hésité à dilapider ses maigres ressources pour s'acheter un tailleur chic et des souliers de marque. Tant pis si elle se retrouvait sans le sou avant la fin du mois : il fallait impressionner favorablement les parents de Wael. Pendant la rencontre, elle surveilla ses manières, filtra chaque mot qui franchissait ses lèvres, prodigua des flatteries délicates sur l'ameublement de la maison et la toilette de Mme F. L'hôtesse la scrutait suspicieusement, l'examinant sous tous les angles, comme si elle l'avait percée à jour. Soraya remarqua ses narines pincées, ses mâchoires serrées, ses regards méfiants ; elle se troubla, se raidit de plus en plus à mesure que les minutes passaient. Sa voix lui échappait, elle transpirait, elle s'essoufflait. Son imposture était découverte, elle en était sûre.

La suite allait lui donner raison ; à peine eut-elle le dos tourné que les parents de Wael s'enquirent de Soraya et de ses origines. Ils ne furent pas longs à découvrir la vérité sur la petite amie de leur fils : la jeune fille était issue d'une famille pauvre de la Békaa. Elle habitait à Bahrieh, son père était ouvrier, sa mère sans travail. Comble de l'inconvenance, elle n'était pas sunnite mais chiite ! L'opposition fut catégorique, le veto irrévocable ; on ne pouvait tolérer une mésalliance qui compromettrait l'avenir de Hiba et Asmahane, sœurs cadettes de Wael. On a vu des familles illustres subir l'opprobre d'un déclassement pour moins que ça. La bonne société beyrouthine était impitoyable. Pas question de céder au caprice de l'étourdi : Wael fut sommé de rompre sur-le-champ. Des jeunes filles bien sous tous rapports, ce n'était pas ce qui manquait à Beyrouth. Il suffisait de chercher un peu, on pouvait l'aider s'il le souhaitait ; ben tiens, la fille des Hamdane, elle ne lui plaisait pas la fille des Hamdane ? Elle était belle, gracieuse, parfaitement éduquée, la tête sur les épaules. Elle le rendrait heureux, elle tiendrait bien sa maison, il n'aurait pas honte d'elle dans le monde. Ce n'étaient pas n'importe qui, les Hamdane, leur famille comptait parmi les plus anciennes et les plus fortunées de la ville. Qu'en dis-tu ? Tu veux qu'on tâte le terrain auprès de sa mère ? Le garçon protesta avec véhémence, clama haut et fort son droit de fréquenter et d'épouser qui il voulait. Il n'en avait rien à faire du prestige et de l'argent, il se fichait de savoir si Soraya était sunnite ou chiite, riche ou pauvre ; elle était elle et il l'aimait pour ce qu'elle était.

M. et Mme F. ne relâchèrent pas la pression. Ils revinrent sans arrêt à la charge pour contraindre Wael à quitter la jeune fille ; le garçon résista vaillamment, menaça de mettre fin à ses jours si on l'empêchait d'épouser Soraya. Ses parents lui imposèrent des entretiens avec un cheikh et un psychiatre ; ils le privèrent d'argent de poche, confisquèrent sa voiture et son passeport, lui interdirent l'accès à leurs chalets de plage et de montagne. Wael finit par capituler. Deux ans plus tard, il épousait la fille des Hamdane.

Soraya fut meurtrie par cette épreuve. C'était la première fois qu'elle se heurtait à un mur infranchissable. Jusque-là elle avait pu surmonter tous les obstacles qui entravaient son ascension ; les frontières sociales étaient hermétiques, elle le savait, mais à force de détermination et de persévérance, elle était parvenue à les traverser l'une après l'autre. Elle avait fini par croire que tout était possible, que c'était une question de volonté. Or il n'en était rien et elle venait de le découvrir à ses dépens. Ses origines constituaient un stigmate indélébile qu'elle traînerait jusqu'à la fin de sa vie ! Cette amère déconvenue devait mettre un frein à ses élans de conquête : Soraya ne voulait plus entendre parler ni de garçons ni de mariage. Désormais elle se concentrerait exclusivement sur son travail à la banque où elle s'était fait embaucher après un stage, non sans difficultés, la plupart des places disponibles ayant été attribuées à des fils-de et des filles-de.

Il lui a fallu presque deux ans pour se remettre en selle et repartir à la recherche d'un mari, en réduisant ses ambitions cette fois. Après plusieurs tentatives infructueuses, elle a trouvé l'homme qui correspondait à ses critères, Toufic G., rencontré à la banque où il venait régulièrement payer ses primes d'assurance. Il était plus âgé qu'elle, son physique n'était guère avenant : crâne dégarni, yeux inexpressifs, silhouette courtaude et bedonnante ; mais, sans être riche, il avait une bonne situation, il possédait une belle maison à Birzal que ses parents lui avaient léguée en même temps que des terrains constructibles dans la villégiature de Jbah et, surtout, il était libre. Soraya n'eut aucun mal à le séduire et à se faire accepter par sa sœur unique qui habitait Tyr à l'époque. Moins d'un an après leur rencontre, Soraya et Toufic étaient mariés. Leur premier enfant, Maher, a vu le jour l'année suivante.

Soraya songe à tout cela en attendant Tamim et Zahi, le regard fixé sur le quartier de Bahrieh dont les bâtisses trapues et grises s'alignent hideusement de l'autre côté de l'avenue. Ses frères et sœurs habitent encore ici. Elle les appelle de temps en temps pour se dispenser de les voir, elle leur envoie de l'argent aux fêtes du Fitr et de l'Adha. S'il lui arrive de les croiser, elle s'arrange pour écourter les salamalecs en prétextant un rendez-vous ou quelque affaire urgente.

Son cœur fait un bond : la Mercedes blanche apparaît enfin ! Tamim et Zahi sont là avec la petite ! Elle les rejoint en un éclair, suivie par Toufic. Nour hurle et se débat entre les mains de Zahi qui tente en vain de l'apaiser. Elle se calme un peu en reconnaissant sa grand-mère. Soraya la soulève et la serre dans ses bras. Elle essuie ses larmes, lui dit qu'elle ne doit pas pleurer, qu'elle va prendre l'avion pour aller dans un très beau pays qui s'appelle la Côte d'Ivoire ; elle va retrouver là-bas sa sœur Ghina et son frère Taleb ; ils seront tous ensemble dans une grande maison où il y a une piscine et plein de jouets.

J'veux pas, j'veux ma maman.

Elle t'attend là-bas ta maman. Elle est partie ce matin. Elle voulait t'emmener avec elle, elle t'a cherchée partout sans te trouver. Tu étais où ? Tu te promenais avec Mme Badrane ?

Oui.

Ah, c'est ça !... Tu veux rejoindre ta maman ?

Oui.

Tu le veux vraiment vraiment vraiment ?

Oui.

Même si elle est dans un autre pays et qu'il faut aller en avion pour la retrouver ?

Oui.

Alors allons-y !

Elle lui remet sa poupée Zmorrod et l'embarque avec elle dans la Chrysler de son mari.

Tout se déroule comme prévu à l'aéroport. L'hôtesse les attend dans le hall : elle prend Nour par la main, la petite se laisse faire sans résistance, serrant sa poupée contre elle, l'air absorbée par les enseignes lumineuses des compagnies aériennes. La femme et l'enfant s'éloignent. Nour ne se retourne pas pour dire au revoir à sa grand-mère. Soraya la voit disparaître derrière le sas de sécurité en se disant qu'elle ne la reverra sans doute jamais.

Les G. restent sur place jusqu'au décollage de l'avion.

Maher peut reposer en paix, soupire Soraya. Ses trois petits sont en de bonnes mains désormais.

Toufic ne dit rien.

Sur le chemin du retour, Soraya somnole en regardant défiler le paysage. Elle est exténuée. Voilà dix jours qu'elle ne dort pas, qu'elle ne pense qu'à ça : récupérer Nour pour l'expédier en Afrique. Depuis l'appel de sa fille qui lui a révélé l'adresse de Rim à Beyrouth (Safia l'avait croisée à la gare routière avant de la filer jusqu'à chez elle), Soraya a vécu dans la terreur que Nour lui échappe de nouveau. Tout a été préparé en accéléré : l'enlèvement, les papiers, le billet, la valise. Pas une heure de répit dans la journée, pas une heure de sommeil la nuit. Chaque matin elle envoyait Tamim au quartier de Rim pour s'assurer qu'elle n'avait pas quitté Beyrouth.

Tout est terminé à présent. Les enfants de Maher seront réunis bientôt. Najib et Linda s'occuperont d'eux, ils leur donneront une bonne éducation, elle n'a rien à craindre là-dessus. La réaction de Rim ne l'inquiète pas non plus ; sa belle-fille a survécu à l'absence de Ghina et Taleb, elle s'habituera à celle de Nour. L'éloignement de la petite est dans l'intérêt de Rim au fond : elle est jeune, elle rencontrera quelqu'un, elle refera sa vie, elle aura d'autres enfants.

Le bercement de la voiture achève de détendre Soraya. Elle se relâche complètement, soulagée, sereine. Ses paupières s'alourdissent puis se ferment : le sommeil la submerge.

Quand elle les rouvre, la Chrysler est garée devant la grille de la maison. Elle sort du véhicule, attend Toufic au pied du perron. Ils montent les marches en échangeant quelques mots sur les Cherfane qui doivent leur rendre visite en fin d'après-midi. Toufic rejoint l'étage pour se reposer. Soraya met un peu d'ordre au salon : Aïda est venue faire le ménage hier et elle a encore placé les coussins n'importe comment, sans parler des bibelots qu'elle a changés de place comme d'habitude.

Soraya se dirige vers les escaliers, se ravise : elle a soif.

Elle entre dans la cuisine pour se servir un verre d'eau. Elle boit un premier verre, un deuxième, se retourne pour sortir…

Rim est là ! Elle se tient là, près de la porte, les yeux vides.

Où est ma fille ?

Soraya bredouille quelque chose, la voix étouffée, tremblante.

Rim avance. Elle porte un grand couteau à la main. Soraya recule, trébuche. Toufic. Elle veut appeler Toufic. Un râle lui échappe.

Où est ma fille ?

Je n'en sais… c'est toi qui...

Rim lui attrape les cheveux qu'elle tire en arrière. Elle lui place le couteau sur la gorge.

Où est ma fille ?

Soraya dit ou ne dit pas, des mots sortent ou non.

Puis la brûlure, la douleur, le gouffre...

*

Rim remonte la rue à vive allure, tourne à gauche vers la station de taxi. Elle sait où elle va, où elle doit aller, où elle ne peut pas ne pas aller. Dix minutes plus tard, elle est sur la banquette arrière d'une voiture qui l'emmène à Kfarzeit. Le chauffeur a hésité à la prendre en remarquant les traces de sang et de suie sur ses bras. La vue de l'argent a eu raison de ses craintes ; il roule à présent en direction de la montagne, un œil sur la route, l'autre collé à Rim dans le rétroviseur.

Arrivée au village, Rim file vers la maison familiale, ne regardant que le chemin sous ses pas : rien ne la distrait, ni les terrasses d'oliviers, ni les champs de tabac, ni les demeures des Nasser, Hoteit, Hajal, ni même la pensée que la dernière fois, elle était accompagnée de Nour.

Le portail est entrouvert. Elle le pousse, traverse la cour vide, pénètre dans la maison. Ses parents font la sieste dans leur chambre.

Rim les appelle, *Père, Mère, réveillez-vous !*, droite et tendue face à eux.

Oum Réda se dresse en sursaut, les yeux écarquillés, imitée aussitôt par son mari.

Rim leur raconte tout, sèchement, brièvement : Nour, Birzal, Soraya, Toufic, le couteau, les coups, le feu.

Puis le silence.

La mère se couvre le visage.

Le père balbutie des phrases incompréhensibles dont Rim perçoit des bribes : … pas possible… fait ça… dans leur maison…

La mère ne bouge pas. Ses cheveux gris tombent en désordre sur ses épaules décharnées. Elle demande :

Ils sont… ils sont morts ?

Ils m'ont pris mes enfants, répond Rim. Ils m'ont tuée trois fois.

Le père se lève. Rim est prête à le braver, des mots plein la gorge, du sang plein les yeux. Abou Réda ne lui adresse aucun reproche. Pas de colère dans son regard, seulement de la consternation et de la peur.

Tu ne peux pas rester là, dit-il. Tu dois te cacher, tu dois disparaître.

Rim se serait braquée contre la violence du père ; elle s'est inclinée devant sa douceur. Sans un mot elle quitte les lieux, traverse le village engrisé par le crépuscule. La nuit tombe très vite. Elle marche pendant des heures à la lueur de la pleine lune, avançant tel un automate, entièrement coupée du monde. Elle imagine Nour dans la voiture qui l'a embarquée de force : elle voit, elle entend la petite fille qui se débat, pleure, crie *mâma*, comme elle crie *mâma* chaque fois qu'elle a peur ou qu'elle a mal. Elle n'était pas là pour la sauver. Elle n'était pas là pour la réconforter. Cette pensée la tourmente, la dévore. Elle sent l'odeur de son enfant, son souffle dans son cou, la pression de son corps sur son sein, les mêmes sensations, exactement les mêmes – le temps aboli, la nuit épaisse – qu'elle éprouvait naguère dans sa chambre de Birzal lorsque d'heure en heure, de jour en jour, de semaine en semaine, elle attendait le retour de Ghina et

Taleb, sans savoir que ses enfants ne reviendraient jamais, que Soraya était résolue à briser les liens entre eux… Soraya… Quand elle songe à sa belle-mère, de façon furtive, elle ne ressent aucune crainte, aucun remords. Elle a fait ce qu'elle avait à faire. Elle est soulagée de l'avoir fait. C'était indispensable, inévitable. Peu lui importent les conséquences.

Le jour se lève. Elle gravit à pas lents un sentier raide et tortueux, effectue une halte entre deux immenses roches karstiques fendillées de crevasses, retrouve la route nationale. La fatigue la submerge peu à peu. Elle finit par s'asseoir sous un arbre, adossée au muret d'une terrasse, en proie aux mêmes pensées, aux mêmes images. Elle se couche, se recroqueville, non pour dormir, mais pour ne plus avoir à bouger, à entendre, pour respirer dans la proximité de sa fille.

Quelques heures plus tard, des paysans découvrent une femme assise au pied d'un olivier dans un verger de Jounine. Ses vêtements sont déchiquetés, ses bras et ses jambes couverts d'égratignures. Elle est réveillée, consciente, mais elle ne réagit pas aux sollicitations, elle n'ouvre pas la bouche : on la prend pour une sourde-muette. Elle est emmenée dans une maison où elle refuse de manger et de boire. Elle ne veut pas s'étendre non plus ; elle reste clouée sur une chaise, les yeux fixes, les mains serrées. Les villageois finissent par appeler la police qui fait immédiatement le lien avec l'affaire de Birzal : le descriptif de la femme correspond à la fugitive recherchée depuis la veille. Une patrouille arrive à Jounine : Rim n'oppose aucune résistance lorsqu'on lui met les menottes et qu'on l'embarque dans une Jeep.

Elle est livrée le même jour au commissariat central où elle est détenue pendant une semaine avant d'être incarcérée à la prison de Raml : des femmes en uniforme la dépouillent de ses vêtements, la poussent sous une douche froide, l'emmaillotent dans une tunique en tissu amidonné ; on lui coupe les cheveux et les ongles, puis on la conduit à une cellule bondée où règne une forte odeur de désinfectant. Des protestations violentes accueillent Rim ; la cellule a une capacité de quatre personnes, à cause d'elle on s'entasse à huit désormais, qu'elle retourne d'où elle vient ! Les gardiennes s'en mêlent à coups de cris et de menaces : pas un mot de plus, celles qui ne sont pas contentes seront expédiées illico au cachot, ça fera de la place pour les autres. Les prisonnières s'écartent avec des grommèlements sourds. Rim se voit attribuer un matelas sans sommier, posé par terre à l'entrée de la pièce. Elle doit se déplacer chaque fois qu'on ouvre la porte. La première nuit, elle la passe repliée sur elle-même, le regard attaché à l'interstice sous le battant, un mince rai de lumière qui lui apporte des coulis d'air frais et les bruits du dehors.

Ses codétenues sont des jeunes filles, des femmes plus âgées, une vieille dame aux cheveux clairsemés qu'on appelle al-Ajouz. Elles connaissent ses origines, son histoire, son crime : elles ont tout appris par les gardiennes. Rim n'a rien confirmé, rien nié. Elle a esquivé les questions et les remarques. Seule Leyla a réussi à la faire parler. Leyla est différente des autres. Tout le monde la respecte. Elle ne hausse jamais la voix, elle sait beaucoup de choses, elle maîtrise plusieurs langues. C'est elle qui lit et écrit les lettres des prisonnières.

La mère de Rim lui rend visite quelques jours après son arrivée à Raml. Elle l'attend au parloir, vêtue d'une longue robe de paysanne, les cheveux pris dans un fichu mal noué. Elle s'efforce de sourire, elle donne des nouvelles du village, raconte les fiançailles de sa nièce Basma avec un gars de Tibnine... Mais l'émotion l'envahit peu à peu. Le masque de la bonne humeur se fissure : ses yeux se voilent de larmes, des tremblements parcourent ses lèvres, sa gorge se serre sur des mots qui s'étranglent. Rim la gronde : si c'est pour venir pleurnicher ici, ce n'est pas la peine, reste à Kfarzeit. Je vais bien, ne t'en fais pas pour moi. Je mange, je dors, je marche au soleil, j'apprends à lire et à écrire.

Elle réclame une photo des enfants. Oum Réda lui en apporte deux : un portrait de famille où Maher apparaît en tenue de gendarme avec Rim, Ghina et Taleb (c'était avant la naissance de Nour), et une photo prise à Sarjine où l'on voit les trois enfants réunis sur la terrasse de la maison. Elle les glisse dans son cahier d'écriture d'où elle ne les sort que rarement, à peine quelques instants, pour ne pas les épuiser.

Son père n'est pas encore venu la voir. Elle espère sa visite sans rien dire à sa mère. Elle ignore qu'il ne viendra jamais.

Chaque matin, les détenues suivent des cours d'alphabétisation. Seule Leyla en est dispensée. La formatrice est une religieuse sèche et râblée dont les manières abruptes déplaisent aux prisonnières. Elles ont l'impression qu'elle les déteste, qu'elle n'est pas contente d'être là, alors que les intervenants extérieurs sont tous bienveillants à leur égard. Rim apprécie sœur Rita au contraire. Elle a besoin qu'on la presse, qu'on la pousse, qu'on l'oblige à secouer la gangue de passivité qui la paralyse. Pendant les premières séances, elle ne cessait de penser à Nour qui lui avait appris plusieurs lettres de l'alphabet arabe et français. Elle s'est familiarisée avec l'ensemble des lettres depuis, si bien qu'elle parvient maintenant à les déchiffrer et à les reproduire quelle que soit leur place dans les mots. Elle s'applique de son mieux, passe des heures à s'exercer, progresse vite. Elle veut écrire à ses enfants. De sa propre main. Leur dire. Leur raconter. Quoi ? Elle ne sait pas encore, elle ne sait pas au juste. Elle le saura quand viendra le temps d'écrire, à moins que le temps de la mort ne soit plus rapide.

Chaque nuit, ramassée sur sa couche, elle songe à l'instant où le couteau s'est enfoncé dans la chair de Soraya… Ce souvenir l'obsède, elle se pose une foule de questions pendant ses heures d'insomnie, les yeux rivés au filet de lumière sous la porte : comment a-t-elle pu ? Était-ce elle d'abord ? Elle seulement ? Quelle force dans son bras, quel basculement, quelle absence ?... Sans arrêt elle revoit le geste, non pour le regretter, non pour s'horrifier d'avoir pu l'accomplir, mais avec perplexité et – elle a mis longtemps à le reconnaître – quelque chose comme, oui, une sorte de jouissance obscure qui lui fait peur : elle portait cela en elle, elle porte cela dans les profondeurs de son être.

Elle en parle à Leyla qui lui répond invariablement de ne pas s'en faire : elle a été poussée à bout par ses beaux-parents, ils ne lui ont pas laissé le choix. Dans un pays où la justice est au service des puissants, les faibles ont le droit de se faire justice eux-mêmes. Qu'elle n'ait pas honte de son acte : les autres doivent avoir honte, ceux qui l'ont ignorée, méprisée, privée de ses enfants, ceux qui ne lui ont pas porté secours quand elle avait besoin d'aide et qui la jugent aujourd'hui après l'avoir abandonnée hier.

Leyla est sans pudeur, sans retenue. Son audace séduit Rim et la dérange à la fois. Elle n'a jamais entendu personne s'exprimer d'une façon aussi libre et décomplexée. Leyla le fait avec un naturel déroutant, l'air de rien.

Un jour elle lui demande :

Tu trouvais du plaisir avec ton mari ?

Rim rougit, tarde à répondre.

Il te donnait du plaisir, ton mari ?

Oui, je pense.

Si tu penses, c'est que c'est non. Quand ça t'arrive, tu ne penses pas ; tu sais que c'est ça. C'est une décharge électrique. C'est un ouragan dans ton ventre. Beaucoup de femmes ne savent même pas que ça existe. Leurs hommes s'y prennent mal, ou pire, ils font exprès de le cacher pour éviter que leurs épouses en redemandent ou aillent chercher ailleurs. Ça se trouve, ton mec t'a fait le même coup pour t'empêcher de connaître ton corps.

Rim écoute, gênée ; elle se rappelle les sensations qu'elle éprouvait auprès de Maher ; elle se souvient comment il l'avait prise la première fois et n'avait cessé de la prendre plus tard, sans caresses, sans regards, sans paroles, vite et mal, lui donnant l'impression d'être une chose dans ses bras. Pourtant son mari lui manque aujourd'hui. Elle ne le dit pas à Leyla, mais la présence de Maher contre elle la nuit lui suffisait. Elle n'avait pas besoin de ce plaisir étrange que sa compagne de cellule décrit avec des étincelles dans les yeux.

Un autre jour, alors que Rim évoque ses enfants, Leyla lui sort, excédée : tu n'as que tes gamins à la bouche du matin au soir, comme si ta vie se réduisait à eux ; pense un peu à toi pour changer, raconte-moi quelle femme tu es, comment tu réfléchis, comment tu juges le monde, ce que tu vois quand tu te regardes dans le miroir.

Leyla parle de tout avec la même ardeur et la même liberté. Elle dit que les religions sont utilisées par les hommes pour renforcer leur hégémonie, que le clergé œuvre depuis toujours à la soumission de la femme avec la complicité de la femme elle-même, conditionnée dès son plus jeune âge à se percevoir comme l'auxiliaire du mâle tout-puissant. Elle dit que la loi et la police ont pour seule fonction de préserver un système injuste qui favorise les classes dominantes ; les élites sont protégées par les institutions, elles monopolisent le pouvoir, accaparent les richesses et se coalisent entre elles pour sauvegarder leurs privilèges.

Rim est troublée par les propos de Leyla. Même après avoir subi des tas de vexations et d'humiliations en raison de ses origines, elle n'a jamais contesté l'ordre établi. Remettre en cause l'organisation sociale l'amènerait à questionner les principes fondamentaux de son éducation : elle en est incapable.

Quand Leyla s'en prend aux religions, Rim jette des coups d'œil inquiets sur les autres prisonnières. Leyla se moque d'elle : jusqu'à quand vivras-tu dans la peur ? Tu es née femme, tu es née pauvre, on a tout fait pour t'empêcher de comprendre. Il est temps que tu te réveilles ! Tu seras peut-être pendue demain, tâche de ne pas mourir idiote.

Pendue, elle le sera certainement. Rim en a l'intuition. Elle imagine la corde autour du cou, elle sent ses fibres sur sa peau, comme elle sentait jadis la corde du puits entre les mains : même sensation de grattement rêche, de corps brûlant, serpentin, dur.

Il faudra qu'elle garde son calme au moment où le bourreau serrera le nœud. Il faudra qu'elle respire normalement, qu'elle s'empêche de parler, de supplier. Elle ne dira rien. Elle ne montrera rien.

Une trappe s'ouvrira sous ses pieds, elle basculera dans le vide, retenue par la corde qui l'étranglera sur-le-champ.

Elle voudrait être sûre que tout ira très vite, qu'elle ne sentira rien.

Tout ira très vite. Elle ne sentira rien.

Et après ?

Après, les feux de la géhenne.

Tu te consumeras du même feu que tu as allumé dans la maison de mes parents, sauf que les flammes qui te dévoreront seront éternelles. Tu rôtiras jusqu'à la fin des temps, ta peau se reconstituera sans cesse pour se dissoudre aussitôt dans des douleurs atroces.

Le feu flambe dans les yeux de Safia : la sœur de Maher toise Rim sous la voûte du tribunal, les lèvres pincées, raide et droite dans son tailleur noir qui fait ressortir la blondeur oxygénée de sa chevelure tirée en arrière.

*

Le procès dure cinq semaines : Rim voit défiler des dizaines de témoins et d'experts, elle entend plaider les avocats de la défense et de la partie civile, elle subit sans broncher les attaques du procureur qui n'est ni un quinquagénaire adipeux aux joues couperosées, ni une dame à lunettes dressée sur les ergots de sa suffisance, mais un jeune homme gauche et bafouilleur qui essaie de se donner des airs de tribun ; elle assiste au flux et reflux des photographes qui franchissent le cordon de sécurité avant d'être repoussés par les gardes, elle observe les remous du public composé en grande partie de journalistes et de la famille G., bras de mer balayé épisodiquement par des coups de vent qui hérissent ou froissent ses eaux. Chaque nuit, les voix du tribunal la harcèlent, la traquent jusque dans son sommeil, se mélangeant dans sa tête comme les visages du public et les flashs des photographes :

Monsieur le Président Messieurs les Assesseurs Mesdames et Messieurs le crime que nous jugeons aujourd'hui dépasse par son horreur tout ce que les annales judiciaires ont connu depuis des lustres l'accusée a pénétré dans la maison des victimes pendant leur absence elle s'est faufilée par la fenêtre de la buanderie et tapie dans l'ombre tel un fauve féroce qui se prépare à fondre sur sa proie elle a guetté le retour des malheureux la préméditation ne fait aucun doute Rim G. s'est munie d'un couteau de chef à lame épaisse long de 30 cm elle a attendu plus de deux heures le retour de ses beaux-parents ce qui signifie qu'elle a disposé de deux pleines heures pour réfléchir à son acte nier la préméditation dans cet assassinat est une aberration que mon confrère de la défense ne saurait commettre sans bafouer le bon sens et les principes fondamentaux du droit… C'est vrai qu'au début ma mère ne voulait pas de ce mariage elle espérait que Maher épouserait une femme plus mûre et plus instruite ce n'est pas la pauvreté de Rim qui la dérangeait comme on l'a prétendu mais sa jeunesse et son manque d'instruction ma mère n'a jamais méprisé personne en raison de son rang social au contraire elle aimait les pauvres elle les servait de son mieux avec humilité… Nous avons trouvé M. Toufic G. sur les marches du perron il était conscient mais hagard il portait sa main à la gorge sans qu'on sache s'il voulait nous indiquer une douleur une gêne respiratoire ou autre chose une ambulance l'a évacué pendant que les pompiers luttaient contre les flammes le feu s'était étendu à toutes les pièces la fumée sortait par toutes les fenêtres il a fallu une bonne demi-heure pour que les hommes puissent s'introduire dans la maison ils ont trouvé Mme Soraya G. au fond de la cuisine recroquevillée par terre nous avons fouillé partout il n'y avait personne d'autre… Rim G. savait ce qu'elle faisait elle était maîtresse d'elle-même consciente de son état quand ses beaux-parents sont rentrés elle a gagné la réserve où elle s'est terrée pendant plusieurs minutes avec son couteau à la main Mme Soraya G. est allée se servir un verre d'eau dans la cuisine c'est à ce moment-là que l'accusée est sortie de sa cachette pour s'abattre sur sa belle-mère elle n'a laissé aucune chance à la pauvre femme sourde à ses supplications elle l'a saisie par les cheveux et lui a tranché sauvagement la gorge comme on n'oserait pas le faire à une bête puis elle l'a projetée au sol avant de lui donner des coups de pied d'une extrême violence lui brisant plusieurs côtes ce qu'atteste le rapport d'autopsie… Après la mort de mon frère Rim est venue s'installer chez nous mes parents l'ont considérée comme leur fille c'était la veuve de Maher on avait le devoir de la soutenir et de la protéger c'est ce que répétait ma mère qui a été d'une bonté sans limites avec Rim elle lui achetait des robes des chemisiers des souliers de marque jamais je ne l'ai entendue lui faire des reproches elle la traitait avec beaucoup d'égard et de patience à tel point que ma sœur et moi on avait l'impression qu'elle avait transféré sur sa belle-fille toute l'affection qu'elle portait à notre frère disparu… Monsieur le Président Messieurs les Assesseurs Mesdames et Messieurs la partie civile et le parquet s'évertuent depuis des jours à présenter ma cliente comme une créature perverse et sans cœur ce qui est bien commode quand on veut étouffer toute velléité de réflexion non Rim G. n'est pas un monstre dont les agissements n'auraient d'autre explication que sa nature intrinsèquement barbare les vrais monstres dans cette histoire sont la morgue et l'aveuglement de ceux qui l'ont rejetée avant même de chercher à la connaître c'est la violence morale exercée contre une femme sans défense dont l'unique tort est son extraction modeste… Croyez-vous que d'avoir ôté la vie d'une vieille dame a calmé les pulsions meurtrières de cette créature loin de là Rim G. est allée trouver son beau-père au premier étage l'homme était en train de se déshabiller dans sa chambre elle l'a bousculé flanqué par terre roué de coups de canne le laissant pour mort avant de descendre au rez-de-chaussée où elle s'est déchaînée avec une frénésie diabolique sur les meubles du salon et de la salle à manger détruisant tout ce qui lui tombait sous la main déchiquetant fracassant piétinant n'épargnant ni les bibelots de valeur ni le Livre saint ni les photos de famille ni même le portrait de Maher G. son défunt mari ensuite elle a allumé plusieurs foyers d'incendie dans la maison et le plus tranquillement du monde elle a quitté les lieux sans porter secours à M. Toufic G. qui a réussi par miracle à se traîner jusqu'à l'extérieur… Rim n'a manqué de rien chez nous elle disposait d'une chambre individuelle très confortable ma mère lui donnait de l'argent pour qu'elle fasse les magasins elle était libre d'aller et venir à sa guise elle vivait exactement comme Léna et moi mieux encore… Je voyais la petite tous les jours je peux vous dire qu'elle n'était pas délaissée loin de là elle était correctement nourrie proprement vêtue elle ne manquait de rien tous ceux qui la croisaient pendant nos promenades la trouvaient vive et bien portante elle était très attachée à sa mère qui s'occupait d'elle autant qu'elle le pouvait j'ai eu deux enfants j'ai enseigné durant quarante ans dans les écoles publiques je connais bien les petits cette fille était intelligente curieuse épanouie elle apprenait vite les chiffres les lettres les mots arabes et français je lui faisais entendre des chansons et de la musique elle écoutait avec attention elle retenait les airs et les fredonnait en jouant tout ça pour vous dire que rien ne justifiait l'enlèvement de Nour ni celui de Ghina et Taleb avant elle… Qu'ont fait M. et Mme G. pour mériter un sort aussi cruel tous ceux qui les connaissent témoignent de leur intégrité morale et de leur dévouement aux plus démunis ils ont contribué à la fondation de plusieurs associations caritatives ils ont aidé des dizaines de filles de la campagne à trouver une place dans des maisons honorables de la ville à chaque Ramadan ils faisaient distribuer des centaines de portions alimentaires dans les quartiers populaires de Birzal la liste de leurs bienfaits est longue l'accusée elle-même a profité de leurs largesses elle qui est originaire d'un village misérable du Sud grâce à ses beaux-parents elle a joui d'une vie confortable non seulement elle mais aussi sa famille que M. et Mme G. ont comblée de présents et d'aides en tous genres… J'ai passé huit ans chez M. et Mme G. ils m'ont toujours bien traitée ils me considéraient comme leur fille quand je les ai quittés pour me marier au village ils m'ont offert une machine à coudre Singer et cinq livres en or ça m'a permis d'ouvrir un atelier chez moi et d'élever mes petits en faisant des travaux de couture à la maison j'ai pu aider mon mari à devenir propriétaire d'un grand terrain qu'il a planté d'arbres fruitiers Khawéja Toufic et Sitt Soraya ont continué à demander de mes nouvelles après mon départ ils sont venus me présenter leurs condoléances lorsque j'ai perdu ma mère ce sont des gens attentionnés honnêtes généreux ils ont passé leur vie à tendre la main aux pauvres ils ont secouru des quantités de familles dans le besoin à Birzal et ailleurs… Rim G. a passé des mois à chercher ses deux aînés partout pour découvrir à la fin qu'on les avait expédiés en Afrique vous vous rendez compte on les a envoyés à l'autre bout du monde sans la consulter sans même l'en informer et comme si ça ne suffisait pas on est venu lui arracher sa petite dernière c'est moi qui étais avec Nour quand elle a été enlevée j'avais le cœur en mille morceaux j'ai couru jusqu'à l'immeuble sans savoir de quelle façon j'allais annoncer la nouvelle à sa mère le gardien était dans le hall je ne parvenais pas à retenir mes larmes Rim est arrivée et je lui ai tout dit comment voulez-vous qu'elle ne perde pas la tête le crime qu'elle a commis est affreux elle n'aurait jamais dû faire ça mais je ne suis pas sûre que j'aurais agi autrement à sa place… La question demeure intacte qu'ont fait M. et Mme G. pour mériter un sort aussi cruel la défense nous dit qu'ils ont privé Rim G. de ses enfants et qu'ils ont fait enlever sa petite Nour justification aberrante d'un acte abominable M. Toufic et Mme Soraya G. ont agi conformément à leur devoir de grand-père et de grand-mère quel être sensé hésiterait un instant à placer des mineurs dans une institution pédagogique réputée plutôt que de les abandonner à une mère immature analphabète et sans ressources qui les exposerait à mille périls Rim G. a fui le domicile de ses beaux-parents avec Nour et elle s'est installée dans la capitale comme femme de ménage elle laissait sa fille seule toute la journée la privant des soins les plus élémentaires selon les témoignages des voisins l'enfant n'était pas scolarisée elle était mal nourrie mal vêtue elle accusait des retards criants sur le plan verbal et cognitif c'est en apprenant les conditions de vie de leur petite-fille que M. et Mme G. ont pris la décision légitime de la retirer à sa mère nul au monde ne saurait le leur reprocher sauver Nour était un geste d'amour doublé d'un impératif moral ils ne pouvaient pas agir autrement le crime horrible commis par Rim démontre assez la pertinence de leur décision une femme capable d'égorger de sang-froid une vieille dame et de battre à mort son mari est susceptible du pire y compris envers ses enfants… J'ai bien connu Rim j'étais au service des G. quand leur fils est mort et que la veuve de M. Maher s'est installée chez eux en compagnie de ses enfants Khawéja Toufic et Sitt Soraya la traitaient avec respect et affection Mme G. lui offrait des cadeaux elle l'emmenait au restaurant elle lui donnait de l'argent pour qu'elle s'achète des vêtements je ne l'ai jamais entendue hausser la voix devant elle un jour Rim a fait tomber un vase en porcelaine Sitt Soraya était très attachée à ce vase qu'elle avait rapporté d'un voyage en Italie mais elle n'a fait aucun reproche à Rim au contraire elle lui a dit que ce n'était rien que c'était sa faute qu'elle n'aurait pas dû poser le vase sur un guéridon à l'entrée du salon juste derrière la porte… Monsieur le Président Messieurs les Assesseurs Mesdames et Messieurs ne nous y trompons pas l'affaire qui nous occupe aujourd'hui n'est pas un simple fait divers elle est symptomatique de la décadence qui ronge notre société les valeurs les plus sacrées sont foulées aux pieds les repères se brouillent au profit d'une confusion morale généralisée on veut nous faire croire que l'odieux assassinat dont a été victime Mme Soraya G. est un acte de vengeance commis par une mère privée de sa progéniture alors qu'il s'agit d'un acte monstrueux absolument injustifiable nous parlons d'une femme qui a égorgé une vieille dame sans défense dont le seul souci était le bien-être et l'avenir de ses petits-enfants nous parlons d'une femme qui a battu un vieil homme à coups de canne en le laissant pour mort la préméditation ne fait aucun doute encore moins la cruauté inouïe de cette créature… Rim ne participait pas au ménage elle était libre de ses mouvements elle sortait et rentrait à sa guise elle était aussi libre que Mlles Safia et Léna elle s'occupait de Nour quand elle le voulait Sitt Soraya ne l'empêchait pas de la voir c'est vrai que Rim ne voulait pas qu'on envoie Ghina et Taleb en pension mais Mme G. a fini par la convaincre que c'était dans l'intérêt des petits… Rim G. ne mérite aucune excuse aucune circonstance atténuante elle s'en est prise sauvagement à des personnes intègres aimées de tous dévouées au service des plus faibles elle doit recevoir un châtiment exemplaire gardons-nous d'un jugement trop laxiste toute mollesse face au crime aurait des conséquences néfastes la justice doit punir le mal non l'encourager en favorisant le vice et le désordre en mon âme et conscience au nom de la paix civile et des valeurs qui fondent notre nation je requiers la peine de mort pour l'accusée… Rim voulait travailler je lui ai proposé de m'aider en échange d'un salaire et d'une chambre sur le toit ma femme était tétraplégique elle est décédée depuis j'étais debout de l'aube jusqu'à minuit pour m'occuper d'elle et de l'immeuble ma maladie pulmonaire n'arrangeait rien je m'essoufflais vite je ne supportais pas l'effort continu Rim était d'accord elle a commencé tout de suite je n'ai jamais eu à me plaindre d'elle au contraire elle travaillait d'arrache-pied pas seulement auprès de mon épouse et dans la loge mais aussi en me donnant un coup de main dès qu'elle le pouvait soit pour arroser les plates-bandes soit pour balayer l'escalier et le hall j'étais soulagé j'arrivais à me reposer un peu après le repas de midi grâce à elle j'ai pu accomplir des formalités administratives qui attendaient depuis des années… Nous sommes arrivés à Birzal en fin d'après-midi la maison semblait paisible je suis monté me changer à l'étage Soraya est allée à la cuisine si j'avais su si j'avais soupçonné un instant j'ai abandonné ma femme à ce monstre qui l'attendait avec un couteau dans la réserve je n'ai rien entendu elle égorgeait Soraya et moi je me changeais tranquillement dans la chambre c'est plus insupportable que tout ça j'étais là-haut à quelques mètres de mon épouse et je n'ai rien fait pour la secourir elle m'a peut-être appelé elle a espéré mon apparition et moi là-haut vous ne pouvez pas comprendre personne ne peut comprendre… Rim gardait un œil sur Nour en permanence elle faisait attention à ne pas lui montrer sa peine et sa fatigue ses autres enfants étaient tout le temps dans ses pensées dès qu'elle l'a pu elle est allée les voir dans leur internat de Dreykat c'était un dimanche d'automne je m'en souviens il faisait gris il y avait du vent quand elle est rentrée ce soir-là elle était sous le choc elle n'avait pas trouvé Ghina et Taleb leurs grands-parents les avaient retirés du pensionnat Rim m'a demandé de surveiller Nour et elle est montée à sa chambre j'avais peur qu'elle se fasse du mal des idées noires me traversaient la tête je l'imaginais en train d'enjamber la balustrade et de se jeter dans le vide elle est revenue un peu plus tard l'air anéantie je lui ai conseillé de téléphoner à ses beaux-parents pour exiger des nouvelles de ses enfants c'était son droit de savoir où étaient sa fille et son fils qu'elle les contacte qu'elle essaie elle n'avait rien à perdre elle ne voulait pas au début puis elle a accepté elle a appelé Toufic et Soraya G. ça s'est mal passé tout ce qu'elle a obtenu d'eux c'étaient des insultes et des promesses mensongères à partir de ce jour elle a consacré ses dimanches à la recherche de Ghina et Taleb elle a visité des dizaines d'internats aux quatre coins du pays emmenant à chaque fois Nour dans l'espoir de revoir ses trois gamins réunis elle n'y est jamais arrivée au lieu de retrouver ses deux aînés elle a perdu sa cadette qu'on a fini par lui enlever brutalement Rim a commis un crime grave elle n'aurait pas dû s'en prendre aux G. mais quelle mère peut supporter ce qu'on lui a fait vivre… Après avoir achevé Soraya Rim est venue me trouver à l'étage j'ai vu le diable entrer dans la chambre elle tenait un couteau il y avait du sang sur la lame sur ses mains dans son regard elle a pris ma canne et s'est jetée sur moi des coups à n'en plus finir je me suis effondré ma tête a cogné le bord du lit j'ai perdu connaissance quand je me suis réveillé la douleur m'empêchait de bouger j'avais une côte cassée j'ai dû me traîner jusqu'à l'escalier et me laisser glisser en m'accrochant à la rampe j'ai vu Rim en train de démolir les meubles et les bibelots du salon elle était hors d'elle une forcenée une furie… Maher et moi on avait le même âge on a grandi ensemble on était comme des frères ma famille a émigré en Afrique lorsque j'avais douze ans je voyais mon cousin chaque été quand on rentrait pour les vacances plus tard il a voulu s'installer en Côte d'Ivoire il était déjà marié et père de trois enfants j'ai fait de mon mieux pour l'aider je l'ai hébergé chez moi le temps qu'il se retourne je l'ai introduit dans les milieux de l'import-export je lui ai avancé un capital suffisant pour qu'il se mette à son compte les choses étaient en bonne voie il parlait de faire venir sa famille il commençait à se constituer un réseau de connaissances utiles dans le pays et puis il y a eu l'accident Maher a été renversé par un camion alors qu'il sortait d'une échoppe à Gagnoa il est mort sur le coup ça ne faisait pas trois mois qu'il était en Afrique… J'ai cherché Soraya elle n'était pas visible je savais qu'un malheur était arrivé j'ai réussi à rejoindre la cuisine sans me faire voir de Rim Soraya était là par terre immobile la gorge tranchée le sang partout je me suis approché je l'ai touchée elle ne bougeait pas la fumée a envahi la cuisine je n'ai pas compris tout de suite que Rim avait mis le feu à la maison je ne parvenais plus à respirer j'ai atteint péniblement la porte d'entrée les flammes me cernaient j'étouffais la porte était fermée à clé Rim a surgi derrière moi en me menaçant de son couteau après il y a eu un trou j'ai dû m'évanouir je ne me souviens plus de rien jusqu'à mon réveil à l'hôpital… On m'a demandé de recueillir les enfants de Maher chez moi j'ai évidemment accepté les aînés sont arrivés d'abord suivis de leur petite sœur Nour les trois ont été scolarisés au Lycée français d'Abidjan ma femme les a pris en charge comme si c'étaient nos propres enfants tout va bien pour eux à présent ils se sont fait plein d'amis ils ont de bons résultats Ghina écrit des poèmes en français Taleb joue au foot dans l'équipe du lycée chaque week-end nous les emmenons à Grand-Bassam où ils passent du bon temps entre la plage et le restaurant je ne les ai jamais entendus réclamer leur mère ils savent pourquoi elle est en prison on ne leur a rien dit ma femme et moi mais ils l'ont appris par des camarades d'école ils n'y pensent plus du tout maintenant Rim appartient au passé elle est sortie de leur vie et c'est très bien comme ça… On ne m'a pas laissé revoir Soraya avant la mise en terre elle était enveloppée dans son linceul je ne lui ai pas dit au revoir je l'ai abandonnée une deuxième fois… Vous me demandez si ces trois enfants devaient être séparés de leur mère sauf votre respect je m'étonne que vous puissiez non seulement me poser la question à moi mais vous la poser à vous-même la réponse est évidente Toufic et Soraya G. ont pris la seule décision possible abandonner ces gamins à Rim c'était les exposer au pire ce qu'elle a fait à la femme de mon oncle en est la meilleure preuve la famille a réagi comme il fallait dans l'intérêt des petits je suis sûr que là où il est Maher approuve notre décision mon seul regret est que Rim n'ait pas été internée plus tôt on aurait épargné la vie de Soraya et beaucoup de secousses aux enfants de Maher…

*

Tout cela est fini à présent. Plus de discours interminables, plus de mots qui forent le crâne, plus de phrases qui vrillent le cœur : le jour du verdict est enfin arrivé. Rim guette les premières lueurs de l'aube à travers les barreaux de la lucarne. Elle a dormi comme d'habitude, par courtes plages d'un sommeil aigre et bourdonnant, séparées de longues périodes d'éveil où ses songeries la portaient invariablement vers sa petite Nour dont elle se remémorait chaque geste, chaque regard, chaque souffle. Nour est sa huitième compagne dans ces quinze mètres carrés, la moins visible, la plus présente, comme un ange aux yeux fixes.

Elle fait sa toilette, rassemble ses maigres effets. Quelle que soit la décision du tribunal, elle ne reviendra pas ici.

Leyla la serre dans ses bras et lui recommande d'être forte.

J'espère que la sentence sera juste. Ecris-moi si tu peux, je serai heureuse d'avoir de tes nouvelles. On se reverra peut-être un jour.

Les autres prisonnières la saluent en lui souhaitant bonne chance.

Les gardiennes l'emmènent à l'extérieur pour l'embarquer dans un fourgon qui démarre aussitôt. Rim ne voit pas grand-chose à travers le grillage surélevé du véhicule : des bouts de ciel, des volées de béton, des taches plus ou moins sombres qui se succèdent entre des intervalles de lumière. Elle entend des klaxons, des radios braillant de la musique, des cris de vendeurs ambulants.

Le fourgon s'immobilise, on la débarque devant le même édifice en pierre où elle a passé des semaines à écouter une kyrielle d'individus parler d'elle et de son crime. Elle traverse l'air ensoleillé, se retrouve dans la salle du tribunal. Les journalistes la prennent d'assaut, les appareils flashent de toutes parts, on se bouscule, on l'interpelle, des protestations s'élèvent quand les gardes repoussent les reporters et les photographes.

Un huissier annonce la cour : on se lève. Le président pénètre par une porte latérale, suivi de ses deux assesseurs. Le public attend que les trois magistrats s'installent pour se rassoir.

Rim se dit que son sort est scellé dans le dossier en carton posé devant le juge. Elle connaîtra le verdict d'ici quelques minutes. Aucune émotion ne la trouble pourtant : ni peur, ni inquiétude, comme si elle s'était retranchée au plus lointain d'elle-même, là où rien ni personne ne peut l'atteindre. Elle jette un coup d'œil indifférent sur l'assistance dont les regards sont arrimés à l'estrade. Tout ce monde pour son crime. Tout ce monde pour l'instant où elle a enfoncé le couteau dans la gorge de Soraya.

Le juge lit les attendus rédigés en langue classique mâtinée de termes juridiques. Sa lecture est rapide, lasse, dénuée de toute modulation. Il trébuche sur les mots, accélère le débit jusqu'à la phrase finale. Rim entend *préméditation*. Elle entend *circonstances atténuantes*.

En foi de quoi, au nom du peuple, la cour…

Le magistrat prononce son jugement. Un immense tumulte agite la salle. Les photographes tentent de s'approcher, prennent des clichés de loin. La mère et le frère de Rim se tournent vers elle. Les traits sereins, comme aplanis par une lumière invisible, elle leur fait un signe de la main qui semble dire aucune importance, plus rien n'a de l'importance désormais.

Structures éditoriales du groupe L'Harmattan

L'Harmattan Italie
Via degli Artisti, 15
10124 Torino
harmattan.italia@gmail.com

L'Harmattan Hongrie
Kossuth l. u. 14-16.
1053 Budapest
harmattan@harmattan.hu

L'Harmattan Sénégal
10 VDN en face Mermoz
BP 45034 Dakar-Fann
senharmattan@gmail.com

L'Harmattan Cameroun
TSINGA/FECAFOOT
BP 11486 Yaoundé
inkoukam@gmail.com

L'Harmattan Burkina Faso
Achille Somé – tengnule@hotmail.fr

L'Harmattan Guinée
Almamya, rue KA 028 OKB Agency
BP 3470 Conakry
harmattanguinee@yahoo.fr

L'Harmattan RDC
185, avenue Nyangwe
Commune de Lingwala – Kinshasa
matangilamusadila@yahoo.fr

L'Harmattan Congo
67, boulevard Denis-Sassou-N'Guesso
BP 2874 Brazzaville
harmattan.congo@yahoo.fr

L'Harmattan Mali
Sirakoro-Meguetana V31
Bamako
syllaka@yahoo.fr

L'Harmattan Togo
Djidjole – Lomé
Maison Amela
face EPP BATOME
ddamela@aol.com

L'Harmattan Côte d'Ivoire
Résidence Karl – Cité des Arts
Abidjan-Cocody
03 BP 1588 Abidjan
espace_harmattan.ci@hotmail.fr

L'Harmattan Algérie
22, rue Moulay-Mohamed
31000 Oran
info2@harmattan-algerie.com

L'Harmattan Maroc
5, rue Ferrane-Kouicha, Talaâ-Elkbira
Chrableyine, Fès-Médine
30000 Fès
harmattan.maroc@gmail.com

Nos librairies en France

Librairie internationale
16, rue des Écoles – 75005 Paris
librairie.internationale@harmattan.fr
01 40 46 79 11
www.librairieharmattan.com

Lib. sciences humaines & histoire
21, rue des Écoles – 75005 Paris
librairie.sh@harmattan.fr
01 46 34 13 71
www.librairieharmattansh.com

Librairie l'Espace Harmattan
21 bis, rue des Écoles – 75005 Paris
librairie.espace@harmattan.fr
01 43 29 49 42

Lib. Méditerranée & Moyen-Orient
7, rue des Carmes – 75005 Paris
librairie.mediterranee@harmattan.fr
01 43 29 71 15

Librairie Le Lucernaire
53, rue Notre-Dame-des-Champs – 75006 Paris
librairie@lucernaire.fr
01 42 22 67 13